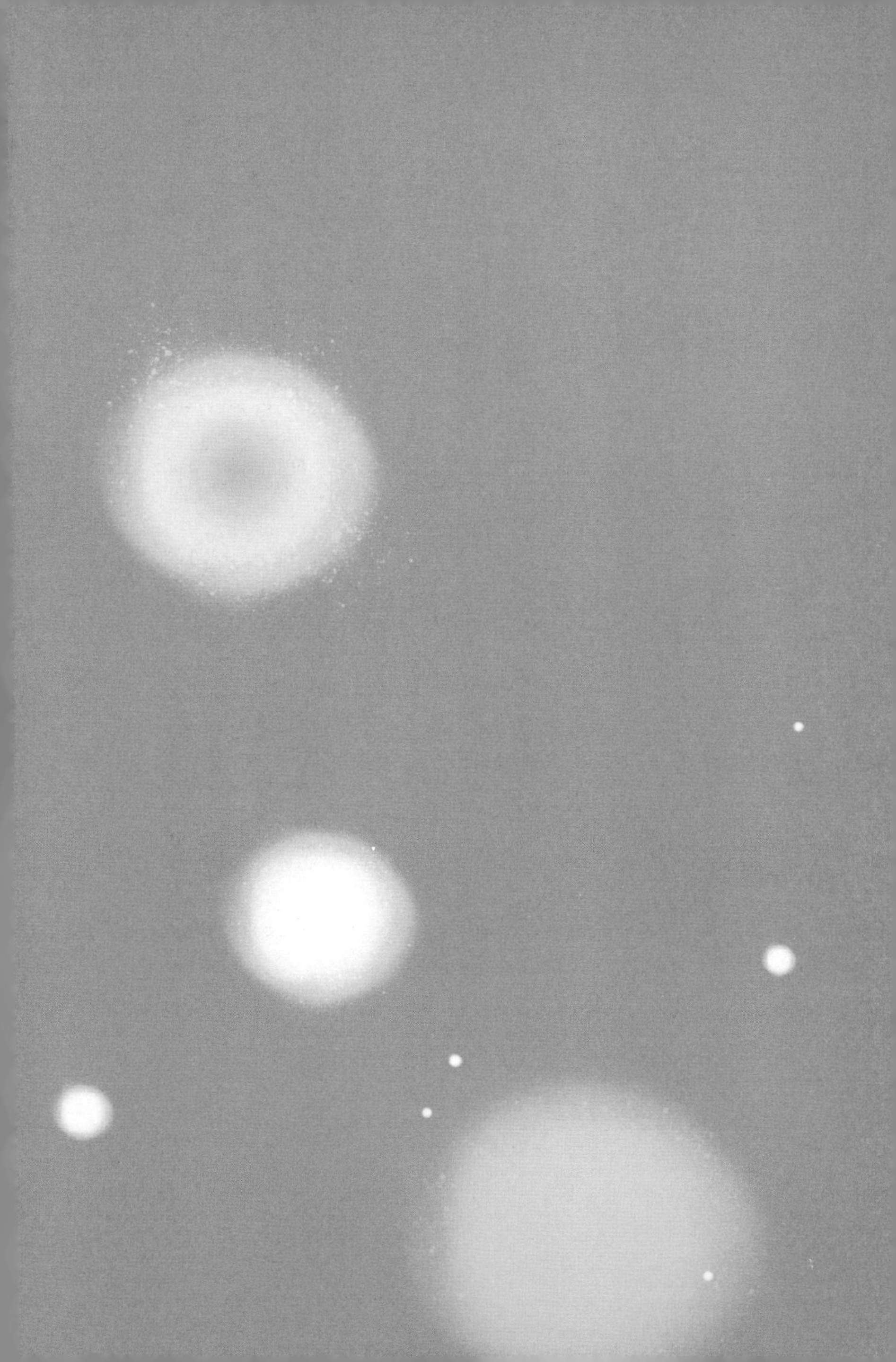

死神第3部門

追憶

晨羽 著

目次

第一部

Maya

黑米隸屬死神第三部門。

由死神總部管轄的第三部門，是陰間組織裡位階最低的單位，目前有九十九位死神。

以陽間時間來換算，黑米在這個單位已有好幾個月了，才發現死神第三部門根本是死神界的「幼幼班」，黑米沒在這裡見過多少能獨當一面的優秀死神，只見識到一群偷雞摸狗的專家。

說到偷雞摸狗的佼佼者，非他們的主管莫屬。黑米來到死神第三部門至今，還沒親眼見過他的直屬長官。根據他的前輩所言，第三部門的主管從未露過面，長官都混成這樣，自然也不能期待底下員工能多認真。

黑米是死神，死神的工作，顧名思義就是到陽間帶走亡者的靈魂。

黑米代號99，最晚進入第三部門，卻已經是這個部門裡業績最高，身經百戰的死神。

其背後原因，可說是完全不得已的。

「救救我，黑米。」束著俏麗馬尾，個頭嬌小的死神秋鳴，來到黑米的辦公桌旁，無助看著他，「我又中下下籤了，你今天有需要交換的嗎？」

「有。」黑米如釋重負，馬上將桌上一大疊的白色卷宗交給對方，連看都不想再看一眼，「這些妳可以吧？」

「沒問題，儘管交給我。黑米謝謝你！」秋鳴臉上的陰鬱一掃而空，將手中的三份黑色卷宗放到黑米桌上，就興沖沖的離開。

黑米立即翻開那三份黑卷宗，快速瀏覽裡頭的工作內容。凌虐姦殺、勒斃後分屍、遭水泥灌頂活活淹死。秋鳴今天要接走的三個靈魂，都是在極為殘酷的情況下慘遭殺害的未成年少女，年紀最小的才十二歲。

為了能夠順利接走靈魂，死神通常會寸步不離地目睹亡者遇害的整個過程。一下子就來三份這種內容的工作，難怪秋鳴會向他求救。

第三部門的死神，全是由人類所擔任。但不知道是什麼原因，他們死後來到這裡，仍保有一份生前的記憶。那可能是自己生前養的寵物、朋友的長相，或是最喜歡的一雙鞋子，只有一個記憶是他們絕對沒有的，那就是自己生前的名字。他們在陰間的名字，都是將他們帶來死神第三部門的人為他們取的。

秋鳴唯一的生前記憶，是當過小學教師，這使她對小孩的亡靈容易產生特殊情感，也成了她的致命傷，尤其遇到在殘虐暴行下死去的幼小靈魂，秋鳴在工作時便常會出狀況，發生讓亡靈逃走的事，還得讓第二部門的專業死神必須出面收拾殘局，後來秋鳴就開始將這種棘手的類型託付給黑米。

「大哥，你今天又跟秋鳴換工作了？」

代號98，坐在黑米正前方的死神青舟轉頭向他搭話。

青舟年輕帥氣，個性開朗活潑，很受女性死神的歡迎。看見黑米手裡的三份卷宗，他口氣誇張地嚷嚷：「這三張黑單都是秋鳴的嗎？你用幾張白單跟她換？」

「十張。」

「真的假的？你今天十張都白單？你全丟給秋鳴，難不成那些任務都是……」話還沒講完，青舟就被黑米瞪一眼，青舟捧腹大笑，「太誇張了，你到底是走什麼霉運？我們對收到白單求之不得，但你就完全不是了。幸運的是，三張黑單就等於三十張白單，你這個月都換到幾張黑單了？我看這次拿到最多業績獎金的又會是你，真羨慕。」

「羨慕的話，秋鳴這三份轉送給你。」

「才不要，我又不是瘋了。我寧可少賺點，也不要拿自己的命開玩笑。其實今天我也有一張黑單想跟你換，你別只偏心秋鳴，也幫我一下嘛。」青舟走到他身後，殷勤地幫他按摩肩膀。

「我幾時偏心秋鳴了？想跟我換，下次就比她早一步找我。」他不客氣地拍開青舟的手，「我說過很討厭別人隨便碰我。」

「我的手又沒什麼細菌病毒，碰一下有什麼關係？小氣！」青舟甩甩手嘀咕，「你第一個任務在什麼時候？」

「半小時後。」被網友開車載往郊區河畔勒斃，遭到分屍的少女，預計在那時遭到毒手，這也是黑米習慣提前到現場準備的時間。

火速在三份黑卷宗的單子上簽名，黑米就起身出發，一身黑西裝的他走出辦公室，眼前的景色立刻變了模樣，下一秒他直接從案發地點附近的一間超商走出去，朝河邊的方向大步前行。

晚上八點，黑米來到鄰近學校的一處寧靜巷弄，準備執行今日最後一項任務。

十二歲女孩補習完要回家，途中被三名國中男生糾纏，他們把她拖進暗巷裡侵犯，女孩在掙扎中重重咬了一名少年的手，少年氣得對她拳打腳踢，發現女孩沒了氣息，大驚失色，全部落荒而逃。

女孩氣絕之際，黑米還沒開口召出她的靈魂，女孩的魂魄就自動來到他的面前。

「叔叔。」小女孩可憐兮兮地發著抖，仰頭望向人高馬大的黑米，驚懼的淚水在眼眶中打轉，「我想回家找我媽媽，你可不可以幫幫我？」

以人類的標準看，黑米的外貌落在三十到三十五歲之間，確實是會被這種小孩叫叔叔的年紀。

黑米沒有回答她，低眸瞧一眼右腕上的錶，時間是二十點三十七分，正是黑單上預告的死亡時間，任務圓滿達成。

黑米轉身離開小巷，女孩立刻跟上，完全不用他催促。

女孩的小手緊緊抓住黑米的衣襬，一路上抽抽噎噎地哭道：「我要回家找媽媽，我要回家找媽媽……」

「妳媽媽會找到妳的。」

黑米向來不喜歡與亡靈進行多餘的對話，但想到這個女孩讓他不動一根手指，就輕鬆完成今日的工作，他便也難得開口回應，帶著女孩消失在漆黑的街道上。

看見手裡拿著白卷宗，坐在100號辦公桌前的新面孔，黑米的左眼皮重重一跳，升起不祥的預感。

發現黑米來到99號的座位，對方立刻走到他的身邊。

「黑米先生，我是代號第100號的死神，我叫路子。」

這名女死神的外貌年紀與青舟相仿，她精力充沛地跟黑米打招呼，充滿奮發向上的氛圍，正是黑米最怕的新人類型。

死神第三部門有個規定，新進的死神需由前一號死神協助完成首日的工作，因此負責指導路子的任務便落到黑米身上。對習慣獨自執行任務的黑米來說，他寧可忙一整天，也不想應付這種事。

但現在最令他擔心的問題不是這個。

「那是妳今天唯一的任務？」黑米指著她手中的白色卷宗。

「是。」

「給我看一下。」他接過卷宗翻開，發現裡面的白單上，右下角的欄位出現路子的簽名時，冷不防倒抽一口氣，「……誰告訴妳要在上面簽名的？」

「前輩們告訴我的，她們說，既然這是我負責的任務，我就必須在執行死神的欄位上簽名。」路子伸手指向前方座位的幾個女死神，發現黑米的臉色突然變得難看，瑟縮了下，「怎麼了？莫非這樣做不對？」

路子口中說的那幾名女死神，正好看著他們，一對上黑米怒火中燒的視線，她們馬上別過頭，爆出幸災樂禍的笑聲。

秋鳴跟青舟進辦公室，察覺到黑米周遭的氣氛不對，主動上前關切，一得知情況，兩人表情都變了。

「這下不妙，一旦在執行欄位上簽名，這項任務就不能換其他死神來做了。」秋鳴擰眉望向那群女死神，「她們幹麼這樣？是存心想讓黑米你在新人面前出糗嗎？」

「大概是不爽我昨天嗆了她們心愛的青舟，故意修理我吧。」黑米額冒青筋，冷眼怒視眼前那位罪魁禍首。

「黑米老大，我是冤枉的，我從沒跟她們抱怨過你的事啊。」青舟趕緊澄清，自行想出一個辦法，「不然今天我幫你帶新人，只要不說出去，應該行得通吧？」

「絕對不行，從前就有個死神這麼做，被第一部門的長官發現，下場非常慘。你若被抓到，接下來你很可能會收到只能由你執行的黑單，黑米也會收到只有他能執行的白單，黑米會殺了你的。」秋鳴馬上阻攔。

「我對不起你，黑米老大。」青舟滿臉遺憾的道歉。

事到如今，發脾氣也無濟於事，黑米只得接受事實。

路子的首次任務是在兩個小時後，黑米趁這段空檔跟她說明死神的工作流程。

「每天進到辦公室，妳的桌上會自動出現卷宗，數量最少一份，最多可以到三十份以上。有白卷宗跟黑卷宗，我們簡稱為白單跟黑單，通常白單的任務比較容易執行，反之亦然。但無論妳拿到白單還是黑單，都必須按照上面的指定時間完成任務，逾時就算任務失敗，第一部門會降下懲處。」

路子認真點頭，「我懂了，那白單跟黑單的難度，主要差在什麼地方呢？」

「今天過後妳就會知道。」黑米淡淡地看她一眼，沒有多說。

開始上工後，黑米和路子來到市區的一棟醫院大門前。

「只要收到白單，接收靈魂的地點，有一部分是在醫院。在這裡比較少發生靈魂逃走的狀況，因此對新人來說，是最簡單的任務。」黑米告訴她。

「原來如此，既然白單最簡單，那黑米先生為何會這麼害怕收到白單呢？」如今路子已經知道黑米對白單有多排斥，也不怕黑米會不高興，直截了當地問。

「走了。」黑米假裝沒聽到，沉著臉走進醫院。

兩人進到一間加護病房，裡面的醫生跟護理師正在搶救一名心肺停止的女病患，黑米跟路子就站在床尾看著。他們有辦法讓人類看見他們，但執行任務時，自然就必須隱身。

「時間差不多了，照我說的話去做。」黑米吩咐。

路子點頭，緊張地來到床側站定，俯視那名面容乾枯的老婦人，慎重緩慢地喚道：「溫貴梅女士，時辰已到，請隨我行。」

路子說完最後一個字，老婦人的身軀微微發光，那些光芒凝聚成一縷白色的薄霧，自老婦人的身體離開。

與此同時，醫生也放棄急救，宣告老婦人死亡。

看著老婦人的靈魂溫順地跟在自己的身邊，路子鬆一口氣，迫不及待問：「黑米先生，接下來呢？」

「只要確定靈魂有好好跟著妳走進昤門，會有其他部門的使者來接應，後面就沒妳的事了。」黑米說。

昑門是陽界與陰界的連結之門，只要是有門的地方，基本上都可以作為靈魂的交接處。但在醫院裡，可以作為昑門的地方，只有醫院的正門。

「就這麼簡單？」路子眨眨眼。

「對，快走吧。」黑米完全不想在這裡多待一秒，馬上轉身走出去。

但他一踏出病房，突地無法呼吸，左胸口傳來撕裂般的劇痛，下一秒人就重重倒地，全身抽搐，嘴裡不斷逸出痛苦的呻吟。

一名男死神正好經過附近，聽見路子慌張的叫喊聲，便不慌不忙走過來查看。

「這是怎麼了？」

看見躺在地上奄奄一息的黑米，這名死神很快認出了他，溫醇的嗓音裹著笑意，「原來是第三部門的資優生，你來醫院就出事的毛病還沒有解決嗎？」

黑米全身疲軟無力，動彈不得，意識不清的他，只能用眼角朝對方瞥去，卻看不清對方的面容，只能從對方身上的紅色領帶，知道這人是第二部門的死神。

「妳是新來的死神吧？」望著失措的路子，男死神露出了然於心的微笑，再看向黑米，「看來是為了帶新人，你才不得不踏進這裡，真是辛苦了，我就幫個忙吧。」

在這名死神的協助下，黑米順利從側門離開醫院，但還來不及知道對方的長相，他就消失不見了。

路子領著老婦人的靈魂進昤門，將靈魂交給審判界的使者之後，沒有返回第三部門，而是到坐在醫院外頭的黑米身邊。

「黑米先生，要不要我去找青舟先生和秋鳴小姐幫忙？」

「不必，我離開醫院就沒事了。」他的呼吸平穩下來，意識一變得清明，馬上問：「剛才那個死神是誰？」

「不知道，我沒見過他。」路子搖頭。

「那他長什麼樣子？」

「這個……他長得很好看，笑容很迷人。他的頭髮是白色，眼睛一邊是紫色，一邊是黑色的，右眼角有一顆淚痣。我覺得他比青舟先生更帥氣，我第一次見到這麼有魅力的死神。」路子心花怒放地笑著。

不知道為什麼，黑米莫名覺得那個男死神的聲音十分耳熟，卻想不起在哪裡聽過對方的聲音，也沒印象見過留著白髮、右眼角有顆淚痣的死神。

那個死神帶他離開醫院時，黑米不時從他身上嗅到一股甜甜的香氣，像是糖果的味道。

「黑米先生，你是因為只要去醫院執行任務，身體就會出現這種狀況，才那麼討厭收到白單嗎？是什麼原因讓你變成這樣的？」路子好奇發問。

「我不知道。」想到今天在醫院發作的事，很快就會傳回死神第三部門，黑米的臉色立刻變得晦暗，心情惡劣到極點。

「連最簡單的白單，都能讓你變成這樣……那你是怎麼應付各種黑單，成為第三部門最厲害的死神呢？」路子深覺不可思議，正色說：「黑米先生，你今日的任務，請務必讓我同行。」

「不用妳說，我也會讓妳同行。讓新人觀摩前輩執行任務，也是我的工作之一。」

「太好了。坦白說，我的目標是超越黑米先生，成為第三部門第一名的死神。倘若我也能像你一樣『輕輕鬆鬆』完成黑單的任務，那要成為第一根本不難，對不對？」

圓滿完成第一份工作，讓路子信心大增，坦率說出自己的野心，語氣更藏不住得意。

「對，希望妳的目標可以實現。」

這是黑米的真心話。

當日深夜十點十五分，二人站在一棟老舊的公寓前。

眼前四下無人，路子看不出這片寧靜的街區會發生什麼事故。

「黑米先生的任務是什麼？」

「無可奉告，在任務單上簽字後，就不得對任何人透露內容。」

其實真相是，這份任務唯獨不能先對路子透露，因此，黑米稍微變更一下說詞。

路子信以為真地點下頭，接著想起什麼，「黑米先生，我聽說第三部門的死神，跟第一部門及第二部門的死神不同，原本都是人類，而且都保有一份生前的記憶。你的記憶是什麼？」

整天相處下來，黑米已經習慣路子的直接，不至於再感到冒犯，卻也沒打算敞開心胸與她暢聊，於是隨口回：「我生前穿過的睡褲。」

「噗，黑米先生的記憶還真無趣。我的記憶是當過高中的畢業生代表，是不是比黑米先生的記憶更有意義呢？」也沒問黑米想不想知道，路子就自顧自地說不停。

「是啊，妳大概是最惹人厭的畢業生代表吧。」這句黑米回得極小聲，沒讓她聽見。

「那你為什麼叫黑米？這個名字跟你的形象不搭耶。是當初帶你到第三部門的人幫你取的嗎？這個名字對你有什麼特殊含義？」

黑米在這一串問話中停頓下來。

「幫妳取名的那個人，有告訴妳名字的含義嗎？」他反問。

「沒有。」

「妳是在什麼情況下遇到那個人的？」

路子蹙眉回想，「我印象有點模糊了，似乎是在我死去後，這個人就出現在我眼前，還戴著一副很好笑的動物面具；他問我想不想當死神？我答應後，就跟著他走，他說我的名字是路子，最後把我帶到死神第三部門前，說有人會教我怎麼做，再把一條紅線交給我，叮嚀我保管好，人就消失了。我到現在都不知道他是誰，難道他是特地來迎接我的使者？」

黑米沒有回話，陷入思緒。

他最初始的記憶，是感覺自己彷彿漂浮在一片灰茫茫的大海裡，四周什麼也沒有，只有無盡的寂靜。

當他睜眼，就有一道如鬼魅般的人影出現在面前，此人身形頎長，一身黑色西裝，沒有繫領帶，頭上戴著一副看起來滑稽可笑的貓咪面具。

對方問他知不知道自己身在何處？以及知不知道自己為何會在這裡？黑米連連否認，他接著問黑米想不想當死神？

「如果我不想當死神，會怎麼樣？」黑米當時這麼問他。

「我會直接把你交給審判界的使者，讓你接受審判，遁入輪迴轉世。」

「接受審判，我就一定能投胎轉世嗎？」

「這要看你有沒有這個資格了。就算能，你也未必有比前一世更好的人生，一切都是賭注。」

黑米思忖片刻，繼續問：「當死神有什麼風險？」

「遇到惡靈就是你最大的風險，死神如果被惡靈消滅，便無法再重生，也無法投胎轉世。」

經過漫長的考慮，黑米最後選擇死神這一條路。

那人領著他離開那片海，來到一扇黑色的門前，告訴他門後就是死神第三部門的辦公室，最後交給他一條對死神來說如同護身符的重要紅線。

第三部門的死神，想必都是被這個人用同一種方式帶過來的。

憶起那個人的同時，黑米也終於發現到一件十分重要的事，開口問路子：「妳沒有發現嗎？」

「發現什麼？」路子一頭霧水。

今天兩人在醫院遇上的那個陌生死神，與把他們帶到第三部門的神祕人，聲線非常相像，黑米甚至覺得根本是同一個人的聲音。

但黑米忽然不確定，當時他見到的那個人頭髮是不是白色？這麼顯眼的特徵，他應該不會輕易忘記才是，但他就是怎樣也無法肯定，彷彿這個部分的記憶被人硬生生抹去。

莫非引領他們到第三部門的傢伙，其實就是第二部門的死神？

「黑米先生？」路子還在等他回應。

「沒什麼。」

路子不久前才接觸到那個人，印象理當會比他更深，但她看起來絲毫沒發覺這個可能。黑米縱然覺得奇怪，卻沒有再進一步探問，因為這時有人類的腳步聲傳過來。

獨自走在街上，正在講手機的少女緩步朝他們走近，臉上洋溢著幸福的光采。

「對呀，我哥想吃宵夜，拜託我去幫他買，我就到超商一趟，順便買個立可帶。」少女對著手機彼端的朋友笑得羞怯，「我沒騙妳啦，他真的跟我告白了。他今天一知道我考上第一志願，就傳訊息恭喜我，還希望我跟他交往，說他早就喜歡上我了。我暗戀他三年，居然有被他告白的一天，今後還能跟他讀同一所大學。這是我人生中最幸福的時刻！」

路子清楚聽見少女講電話的內容，被對方的喜悅感染，露出笑容，「考上理想的大學，還被暗戀已久的男生表白，真的很幸運對吧？黑米先生。」

「安靜，我要工作了。」黑米面無表情地命令。

「咦？」路子一凜。

已經來到身邊的少女，就在兩人眼前被從天而降的重物猛然砸到了地上，發出沉悶的巨響，現場掀起一片腥風血雨。

從高樓墜下的中年男子，倒在少女的身上動也不動。

男子身下的少女頭破血流，腦漿跟鮮血濺了一地，死狀淒慘。

黑米走到兩具屍身前，張口呼喚：「沈志雄先生，蔡純霖女士，時辰已到。請隨我行。」

今日黑米收到的是兩張黑單，分別是從自家陽台跳樓自殺的男子，以及慘遭男子壓死的高中少女。

兩副靈魂自肉體離開後，男子的亡靈毫無反抗，乖乖來到黑米的身邊，少女的亡靈則停留在自己的遺體旁邊，木然望著自己的死狀。

「蔡純霖女士，時辰已到，請隨我行。」黑米再次喚道。

少女這才意識到黑米的存在，她愣愣地打量他，顫聲問：「你是誰？我……我要去哪裡？」

「我是來接您的死神，您已經死了，請隨我到陰間去。」

「騙人，我怎麼會死？」少女尖叫，情緒激動不已，「我還有很多想做的事，怎麼可以在這個時候死？這個王八蛋要跳樓自殺，自己死就好，為什麼要連累到我？我不要用這種方式死去，我不要跟你走！」

少女巨大的恨意，讓她的靈體開始產生變化，身上湧現像是來自深淵的黑霧。少女身邊的幾盞路燈，也在這時不自然地閃爍兩下。

發現少女就要變成惡靈，黑米不動聲色卸下繫在左手腕上的紅線。

他一握緊那條紅線，紅線立刻幻化成一條巨大的黑色長鞭。少女的亡靈一逃，早有預料的黑米，同一時間抓起鞭子朝對方甩去，順利將她綑綁住，鞭子上附著的靈能讓少女暫時失去反抗能力，黑米趁勢把她拽回，在她掙脫前將長鞭變回原樣，少女的靈魂就這麼被鎖進那條變成黑色的細線之中，等到黑線漸漸變回原來的紅線，黑米便確定完成收服，將紅線繫回手腕上。

公寓住戶發現少女跟男人的屍體時，黑米也將兩個亡靈送至昤門，卻發現路子沒跟上，她還癱坐在那兩副屍體前瑟瑟發抖。

「妳在幹什麼？還不快走？」黑米催道。

「我、我動不了。」路子站不起來，滿臉是淚，「黑米先生，那位少女的任務，就是黑單任務嗎？黑單都是像這樣的嗎？」

「對，黑單所代表的危險，在於極可能會遇上懷抱怨念，一心抗捕的冤靈。若像剛才那樣，放任她的靈體轉為黑色，對方就會完全變成惡靈，對陽間造成危害。過去也有發生惡靈攻擊死神，死神遭到毀滅的事。只要妳讓亡靈逃走，或是讓對方變成惡靈，妳的任務就宣告失敗，第一部門也會對妳降下懲罰，最重會將妳踢出死神界。」

路子全身抖得更厲害，抱頭嚎啕大哭：「我不行，我做不到，無論如何都做不到！」此時路子忽然露出與那名少女相同的不甘，五官因憤怒而猙獰扭曲，「這個女孩才要開始享受幸福，竟然就被這種人害死。她不應該就這樣死去，我也不應該就這麼走的，這不公平。我不甘心、我不甘心！」

黑米無動於衷，故意忽略路子後面說出的那些詭異話語。

「這輪不到身為死神的妳來評論，妳只要好好把靈魂順利送進昤門，不必替妳覺得無辜的亡者打抱不平。妳若真想超越我，就要知道這些『小事』不過是家常便飯，越快習慣越好。」

「我……」路子痛哭流涕，拚命搖頭，「可是我真的做不到。」

「那妳想怎麼樣？不當死神了嗎？」

「對，我不當了。我沒辦法像黑米先生這麼殘酷，可以習慣這種事情，我不要再當什麼死神了！」

「好。」

黑米完全無意勸阻，走到她的身邊，「當初把妳帶去死神第三部門的那個人，應該還有告訴妳，假如妳有天決定不當死神，要怎麼做吧？」

路子咬著唇，點點頭，低首將左手腕上的紅線脫下，交給黑米。

來到超商門前，路子冷不防停下腳步。

「黑米先生，我全想起來了。」

沒有看著站在後方的黑米，路子此刻的語氣異常平靜，「我死之前，收到國外大學的錄取通知，那天還是我的生日，就在我跟家人出去慶祝的晚上，就遇到有人跳樓自殺，波及到碰巧經過的我。」

黑米默不吭聲。

「我竟然是因為這樣死的。」路子又哭又笑，「那天是我覺得人生最幸福的一天……我還有很多想要做的事，都來不及實現，就這樣死去了。黑米先生是知道這一切，才安排這項任務，讓我想起來的嗎？」

「這是上級的安排，我只是奉命行事。」看著路子顫抖的背影，黑米不禁多說幾句：「但妳是我見過第一個在這關『考驗』中，直接想起生前經歷的死神。據我所知，第三部門的死神從未在這一關想起所有的事。」

「真的？黑米先生也沒有？」

「對，我只在這一關中『得知』自己是怎麼死的，但沒有『想起』其他的事，也沒興趣知道。」

「怎麼可能沒興趣知道？你畢竟曾經活過，難道不想知道自己生前發生什麼事？」

「都死了，知道又能如何？如果不會比較好過，不如別知道。」

路子忍不住回頭含淚看他。

「黑米先生，你做死神到現在，從來都不覺得痛苦？你是否曾有一刻是後悔當死神的？」

「沒有，我不曾對亡者抱有任何想法，更不曾像妳一樣為他們感到喜悅跟憤怒，甚至傷心哭泣。」

路子呆滯不動，再次扯扯被淚水沾濕的嘴角，「看來黑米先生真的很適合當死神。雖然才跟你相處一天，但我感覺你確實跟第三部門的其他死神不太一樣。如果可以，我挺想知道黑米先生生前是什麼樣的人，是不是也跟現在的你一樣冷酷？才能做到對這一切無動於衷。」

落下這句話，路子頭也不回地步入超商，超商的自動門響起叮咚聲。

「歡迎光臨。」正蹲在商品陳列架前補貨的店員，朝開啟的店門探頭，只看見兩名走進來消費的男大生，沒有發現路子與黑米。

❁ ❁ ❁

見黑米獨自回到辦公室，青舟跟秋鳴旋即上前關切。

「大哥，路子狀況如何？你們沒一起回來？是不是路子順利完成任務，太開心了，就留在陽間放鬆一下？我當初也是這樣。」

青舟滔滔不絕問完，見黑米沒搭理，覺得奇怪，又湊到他耳邊小聲問：

「你今天在醫院沒出什麼事吧？」

黑米終於有了反應，「你不知道？」

「不知道什麼？」青舟不解。

黑米以為他在醫院發生的事一定會傳回第三部門，但青舟的提問，讓他後知後覺發現辦公室裡的氣氛一如往常，似乎真的沒人知道這件事。

莫非那個男死神沒有說出去？

「沒事。」硬生生跳過這個話題，黑米就走到路子的座位，拿起她桌上的白卷宗，這個舉動引起鄰座的幾個死神注意，連青舟與秋鳴都專心看他。

黑米抽出卷宗裡的白單，在監督者的欄位簽上名字，再從西裝內側口袋裡拿出路子交給他的紅線，與白單一起收進卷宗。黑米一將卷宗闔上，白卷宗就自動從他手裡化成灰燼，路子的辦公桌同時消失得無影無蹤，彷彿不曾存在過。

秋鳴一見便知，「路子不當死神了？」

「嗯，審判界的使者把她接走了。」黑米回到座位。

青舟很意外，「我看她很認真也很有企圖心，以為這次應該沒問題。是不是跟黑米大哥今日的任務有關？」

黑米將頸部的黑領帶拉鬆，靠著椅背閉目養神。

這些後續理當由第三部門的主管處理，但目前主管室形同虛設，因此黑米除了帶新人，還得對新人的表現評分，確定對方能否勝任死神的工作。

若黑米認定路子無法勝任，判定不及格，路子不服，可向第一部門申訴，直接讓上級決定；但若路子主動交出自己的紅線，情況就完全不同，這表示路子自願放棄當死神，自然無再審查的必要。

在路子之前，已有兩個新人因適應不良離職，黑米一直希望能出現一位有用的新死神，讓他早早擺脫掉帶新人的麻煩。路子雖然認真，卻完全低估死神這份工作的危險性，還在最關鍵的時刻恢復生前記憶，自然只能以失敗收場。

青舟跟秋鳴見黑米不說話，猜到他是因為新人又失敗而悶悶不樂，立刻邀他去「老地方」坐坐，黑米縱然沒那個心情，卻也不知道接下來要做什麼，於是任由他們拽去。

三人來到熱鬧的海鮮餐廳，青舟滿臉堆笑，頻頻為黑米斟酒。

「你知道死神是不會醉的吧？」

看出青舟想從他口中套出稍早的內幕，黑米暗示別想將他灌醉，讓他酒後吐真言。

「我怎麼不知道？我可是你的前輩，你知道的事，哪件不是我告訴你的？」青舟瞪大眼，一臉好氣又好笑。

「那你幹麼還一天到晚叫我大哥？」

「這是兩回事，雖然我比你早當死神，但你實力比我強是事實。所以不管別人怎麼說，你都是我最崇拜的大哥！」青舟振振有詞。

「青舟都說到這種程度了，你就告訴他吧，其實我也很想知道。」秋鳴跟著慫恿。

忽略不了他們期待的眼神，黑米這才無奈說出來。

聽完路子放棄當死神的理由，青舟毫不意外，「我就知道，路子看起來就不輕易服輸，會在第一天就放棄，也只有跟上級給黑米大哥的任務有關了。知道自己是那樣死去，難怪她承受不住，我也沒見過第三部門裡有哪個死神想起一切後，還想繼續做下去的。」

「是呀，這就表示我們足夠『幸運』吧？如果我們也跟路子一樣，想起生前的一切，很可能明天就把紅線交出去了。」秋鳴淡淡一笑，用筷子夾起一塊香噴噴的魚肉放進嘴裡細嚼慢嚥，「但黑米就未必了，我覺得就算黑米知道一切，也會繼續做下去的。」

「哈，這點我同意！」青舟跟秋鳴乾杯，爽快地一飲而盡，「自願離開第三部門的死神，大都是因為害怕應付黑單，只有一小部分是在工作一段時日後，突然間想起生前的事，才決定辭職。像路子這種首次上工就想起一切的死神，我是第一次見到，是不是路子死得太冤，才有這種情況？」

「誰知道？這種事可能因人而異吧？」秋鳴聳聳肩，見他的酒杯空了，主動拿起酒瓶幫他倒酒，「我記得青舟你是自縊死的吧？你的前輩首次帶你出任務，讓你親眼目睹人類上吊自殺，當時你有想到什麼嗎？」

「什麼也沒想到，只覺得有點緊張跟害怕。」青舟答完，若有所思看著酒杯，「路子的事讓我忽然有個想法，我們生前的那份記憶，會不會跟我們的死有關？我的記憶是一支手機，但我怎麼想都想不到這記憶對我有什麼意義？」

「你思考這個幹麼？你真的想要想起來嗎？」秋鳴瞪大雙眼。

「我只是好奇啦，我還挺怕自己有天真的想起來。我寧可像這樣完全不知情，安分認真地工作，下班後與你們開開心心地喝酒。」

「安分認真地工作？誰啊？我只看到你一天到晚想把黑單往我這兒

塞。」黑米不留情面地吐槽。

這讓秋鳴當場笑出來。

「大哥你怎麼這樣？我也想爭氣點呀，我現在不怕看到血腥場面，只怕見到惡靈。真不甘心，我當死神兩年了，而你才來半年，就變成大家口中的『惡靈剋星』，你到底是怎麼辦到的？」

「不用不甘心啦，我們部門雖然也有其他擅長應付惡靈的死神，但就是沒一個像黑米這麼有天分，可以立刻上手，又從不失手，這證明黑米是天才，跟天才計較是沒意義的。而且黑米有多優秀，青舟你不是第一個知道的嗎？」秋鳴一口氣說。

「對啊，想當初我帶他出任務，他看到一個男人在眼前被車子撞得渾身是血，居然一點反應也沒有，我以為他嚇呆了，後來才知道他是真的毫無感覺。我看大哥天生就是吃死神這行飯，若非醫院這個弱點，他根本不輸第二部門的專業死神！」

「你哪壺不開提哪壺。」秋鳴的視線飄到一邊，「說什麼來什麼。瞧，第二部門的死神也來這裡了。」

兩人順著秋鳴的目光往店門口望，果真有一群繫著紅領帶的死神入店，他們開開心心陸續走進一間包廂，看起來也像是下班來聚餐。

黑米仔細關注他們，發現裡頭沒有他想找的人，忍不住問：「你們見過第二部門裡有個留著白頭髮，眼睛一邊是紫，一邊是黑色的男死神嗎？」

「沒見過，有外貌這麼特別的死神嗎？」青舟眨眨眼。

「我也沒見過，你為什麼這麼問？」秋鳴好奇。

黑米猶豫一會，決定將今日在醫院的事告訴他們。

「這就怪了，我當死神已經六年，從沒遇過黑米你說的那位死神。你確定對方真是第二部門的？會不會是你當時意識不清，不小心看錯了？」秋鳴表示懷疑。

青舟點頭附和，「我也這麼想，如果真的有比我還帥的死神，我怎麼可能不知道？我想路子八成也記錯了。你們遇到的可能是我們部門的死神，畢竟你說你連對方的臉都看不清楚，那你把我們的黑領帶看成紅領帶，也不無可能。」

「如果對方是我們部門的，這件事為何沒傳出去？你們明知等著看我笑話的死神有多少？若你們現在能想出一個除了你們，願意好心替我保密的死神，我就相信是我看錯。」黑米涼涼地回道。

兩人一度尷尬，還真的想不出來。

「黑米，我相信大家不是真的都那麼討厭你，說不定是那個死神沒其他人那麼八卦，覺得沒必要說出來。」秋鳴毫無底氣的寬慰。

「就是啊，而且大哥你只是個性刻薄了點，嘴巴毒了點，但我跟秋鳴都知道你是面惡心善，刀子嘴豆腐心，只要你多點笑容，個性圓融些，大家也就不會那麼——唉喲！」青舟還沒說完，就被秋鳴在桌下踢一腳，要他別再火上加油。

黑米陷入沉思。

其實他也不知道自己為何對此事這般介懷。

就算那個男人是第二部門的死神又如何？對方也真是當初帶他們到第三部門的人又如何？確定這些答案有什麼意義？

思及此，黑米的心情撥雲見日，感覺輕鬆許多，青舟也像是不想讓他再追究此事，硬是岔開話題：「話說回來，路子也是挺讓人頭痛的，對吧？對你講話如此不客氣，誇下海口要打敗你；發現自己贏不過你，又奚落你一頓，說不要跟你一樣冷酷。虧大哥到最後一刻都沒生氣。」

「我幹麼生氣？她說得也沒錯。我就是能心平氣和看著人類在眼前以各種慘烈的方式死去，連為他們悲憫的心情都不曾有。說不定我生前是一個良心泯滅的殺人魔，各種殘暴的惡行都做過，才能馬上就適應。」黑米笑得陰森。

「你別用這種表情說這種話啦！」青舟直打哆嗦，同時靈光一閃，「對了，要不要從你生前的記憶查出蛛絲馬跡？我現在是真的有點相信，我們的生前記憶是有特別意義的。你說出來，我幫你想，搞不好我真能猜到一些端倪。」

青舟的提議，讓黑米的腦中立刻浮上一幕畫面。

「你當我是笨蛋嗎？別想再套我話。」

「大哥你真小氣，我跟秋鳴都肯告訴你，為什麼你就不願透露？我們又不會說出去。」青舟抱怨。

「沒關係啦，誰都有不想讓其他人知道的事，你就別逼黑米了。」秋鳴體貼地說，看向黑米的眼神映著關心，「不過黑米，你想不想找出你跟醫院相剋的原因？若再發生今天的事，我會很替你擔心，乾脆向第一部門申請協助？說不定上級會願意幫你。」

「我這種小死神，第一部門的長官怎麼可能理我？我無所謂，只要別再拿到醫院的單子就可以了。」

「沒問題，這部分交給我，我會盡全力幫忙，所以大哥以後也要多多照顧我喔。」青舟嬉皮笑臉地撒嬌，黑米嫌棄地瞪他一眼。

秋鳴將來到喉間的話嚥回去，放棄說服他：「我知道了，但黑米，如果你想知道幫助你的那位死神是誰，我可以幫你打聽。若順利打聽到，我會馬上告訴你。」

這次黑米想了一下，沒有拒絕，很快就點頭。

❁ ❁ ❁

兩日後的清晨，秋鳴執行完任務，恰巧遇上也結束工作的黑米。她告訴黑米，她向認識的第二部門死神詢問過，對方很肯定地說從未見過黑米說的那位死神。

既然第二部門的死神都這麼說，那應該是他看錯了，黑米這麼想後，便徹底放下此事。

兩人一進辦公室，等候黑米已久的青舟，迫不及待衝到他面前。

「大哥，你快看。」青舟伸手指著某處。

黑米朝他指的方向看過去，臉色瞬間一變。

本來已經消失的第100號辦公桌，竟再次出現在黑米的座位後方。

「這麼快又有新人了？」秋鳴大吃一驚。

「我也嚇一跳，我一進來就發現這張辦公桌。還問了其他人，他們都說沒看到新人，也確認過新人桌上沒有卷宗，這就表示新人還沒到。」

青舟沒忘記先前的承諾，拍拍胸脯向黑米保證：「大哥別擔心，就算這次又收到是去醫院的白單，還來得及跟別人換，我會幫你。」

不知為何，黑米隱隱覺得不對勁，這是第一次有新人比他晚到。

他走到自己座位，桌上立刻出現三份白卷宗，看過所有白單後，黑米的臉色變得難看至極。

三張白單上指示的任務地點，不僅全是在醫院，執行死神的欄位，也都簽上了黑米的名字。

「這是怎麼回事？我明明沒簽字，為什麼這些白單上卻有我的簽名？」

秋鳴上前一瞧，見黑米所言為真，大驚失色，「不可能呀，這些白單明明上一秒才出現在你桌上，根本沒人來得及動手腳。是不是哪裡出錯了？」

發現只有黑米身上發生這種異狀，眾人一致認定是黑米得罪高層，因此受到懲罰，不少死神等著看好戲，還故意模仿黑米倒地抽搐的樣子，青舟氣得上前跟對方大吵一架。

就在這時，第三部門的門口出現一道高跳人影，對方強烈的存在感，迅速引起許多死神的注意，一看清對方身上的金色領帶，大家驚慌失措回到自己的座位。

身著黑西裝的長髮灰眼男子，信步走進第三部門，面無表情審視眼前每一張面孔，渾身散發著冷冰冰的危險氛圍。

「不可能吧？」、「這是真的嗎？」如此的竊竊私語聲此起彼落，眾人一致望著男子金色領帶上的銀色領帶夾，無不驚愕惶恐。

「第三部門的死神，你們好啊。」

男子的聲線特別，不像男人也不像女人，乾淨得沒有一點雜質，「我是死神第一部門主管——森未。你們是第一次見到我，但應該都聽過我的名字了。」

發現男子的身分，果真是他們心中所猜測的，所有人瞬間倒抽一口氣。

男子不僅僅是第一部門的死神，還是統御整個死神界的最高階長官，他領帶上別的領帶夾，便是主管身分的證明。若不是大家都坐著，必然有不少死神會嚇得直接腿軟。

「今日我來這裡，是來通知各位一件事。」男子用沒有抑揚頓挫的平板口氣宣布，「即日起，我安排一名菁英死神，作為第三部門的臨時主管。」

現場一片騷動。

男子口中的菁英死神，就是第一部門的死神。

「你們雖是死神，但畢竟曾是人類，所以既聰明也十分狡猾。人類才有的惡習，在你們身上通通看得見。你們貪婪懶惰，投機取巧，知道怎麼將自己的責任推給別人。因為你們的不求進取，導致從你們手中誕生的惡靈數量攀升，也讓第二部門的死神工作量跟著增多。造成這種局面，你們部門的主管理當負起最大責任，但在他出面負責前，我決定先親自動手處理。」

眾人重重打了冷顫，心虛地低下頭，不敢直迎男人的目光。

不久之後，一名女死神顫顫巍巍地舉起手，鼓起勇氣發問：「請問森末部長，我們部門的主管……他究竟在哪裡？為什麼他始終都沒有出現？」

女死神的問題讓男子唇角微掀，闔起那對沒有波動的灰色眼睛，深吸一口氣。看在黑米眼裡，他這副在隱忍著什麼的表情，像是在說：「我也想知道這個王八蛋到底在哪裡？」

「等你們部門最大的問題解決了，他也許就會出現。」冷冷給出這句意味不明的回答，男子就轉頭望向門邊，將第三部門的新同事喚進來。同樣繫著金色領帶的死神一現身，所有人皆目瞪口呆。

那是個看起來還不到十五歲的少年，輪廓深邃，長得白淨清俊，有一雙宛如黑珍珠的眼眸。

「你們好，我是即日起成為貴部門代號100號的死神，我叫Maya。」名叫Maya的死神少年，做完簡單的自我介紹後，就在大家不可置信的目光中，逕自朝主管室的反方向走去。

經過黑米的身邊時，Maya停下腳步，定定看著黑米，然後恭敬地對他九十度行禮。

「您好，黑米先生。」

抬起身那一刻，他直直望著黑米的眼睛，「從今日起，您的所有任務，我都會與您同行，請多指教。」

沒等黑米反應過來，少年就走到他身後的第100號座位，安靜坐下。

森未部長面無表情看了黑米跟Maya一會，就轉身離開第三部門，彷彿一點也不願在這裡多做停留。

死神們議論紛紛，不敢相信連第二部門的死神都得敬畏三分的菁英死神，對黑米的態度竟如此恭謹有禮，彷彿他是真的打從心底尊敬黑米。

就算Maya只是小孩，終究是第一部門的長官，平常散漫懶惰的一群人這天宛如脫胎換骨，開始認真工作；而平常嫉妒黑米的一批死神，也因為目睹Maya對黑米的態度，不敢再對他開惡劣的玩笑。

Maya的舉動讓黑米被另眼看待，處境有了天翻地覆的轉變。

「黑米先生。」

聽到清清淡淡的呼喚聲，黑米猛地轉頭，Maya不知何時就已經站在他的身旁。

「您今日第一個任務快開始了，我知道您習慣半小時前抵達現場準備，所以現在可以走了。」少年溫和提醒他。

黑米怔怔不動，不久發現他兩手空空。

「您的卷宗呢？」

「我沒有卷宗。方才我說過了，黑米先生今後的任務，我都會陪您執行。所以您的任務，就是我的任務。」

此時再聽這句話，黑米很快嗅出不對勁，感覺到有許多雙眼睛正在注意他們，他匆匆看了眼桌上的三份白卷宗，就抓起西裝外套大步離開辦公室，少年隨即跟上。

跟Maya一起站在醫院前，黑米終於按捺不住，向他問出心裡的疑惑：「我的卷宗上會自動出現我的簽名，跟您有關係嗎？」

「是。」

「所以是您做的？」

「不，這是森末部長的旨意，今日負責這些任務的死神，非您不可。」

Maya答完，轉頭看他，「黑米先生不必對我使用敬語。」

「恕難從命，您是長官，我若對您不敬，森未部長豈不是會對我降下更多懲處？」黑米面無表情的拒絕。

「黑米先生可以對其他長官這麼做，但對我不必如此，若您覺得不妥，您可以當作是我給您的命令。」

黑米心下一片茫然。

既然是命令，黑米也只能服從，不再對他使用敬語。

「你對下屬都是這樣客氣？」

「我只對黑米先生如此。」

「為什麼？」

「因為您值得。黑米先生是我最尊敬、也最感謝的人。所以不管發生什麼事，我都會幫您的。」

黑米還來不及多問，Maya就接續說下去：「等會兒進醫院，請將您的一隻手放在我的肩上，離開醫院後再拿開。」

「為什麼？」

「任務結束後您就會知道。」

進入醫院後，黑米依言將左手放在Maya的右肩上，兩人朝急診室的方向前進。

幾名在這間醫院工作的第二部門死神，看見黑米跟Maya走在一起，迅速讓出通道，對Maya微微鞠躬，等到兩人經過才在背後議論紛紛，用匪夷所思的眼光打量他們。

不到兩小時，黑米就順利將三位亡者的靈魂送進昤門，離開醫院。

「黑米先生，您今日的工作已經結束，辛苦您了。」

黑米眨眨乾澀的雙眼，心中只覺不可思議。

這是他第一次沒有在醫院裡發作。

「您沒有不舒服吧？」

「沒有。」黑米想起對方先前的吩咐，迅速將手從他的肩膀上拿開，「你是知道我來醫院都會出事，才會說今後都與我同行？難道森未部長是為此將你安插到我身邊？」

「沒錯。」

黑米難以置信，「那位長官為什麼要為一個區區小死神這麼做？」

「死神界三大部門都有專屬的長官管理，目前第三部門的主管不在，森未部長只好先替他解決問題。今日他逼您進醫院執行任務，並非是您做錯什麼，所以決定處罰您。您很快就能知道他真正的用意。」

的確，若對方真心要處罰他，又何必安排Maya來幫他。

「你是怎麼做到的？」

Maya明白他的意思，「我讓您碰觸我的身體，如此一來，您就不會發生先前那樣的情況了。」

「我只是觸碰你，就不會再發作？」過去黑米鮮少有跟菁英死神正面接觸的機會，無法親身體會他們的實力有多堅強，這一刻他不得不深感震撼，

「第一部門的死神都這麼厲害？」

「第一部門的死神確實相當有本事，但只有我能讓您在醫院安然無事，其他的菁英死神，是無法幫助黑米先生的。」

黑米擰眉，「這是為什麼？」

「您很快就會知道。」Maya故作神祕，換了個輕鬆的話題，「黑米先生平常工作結束後會去做什麼？」

也許是Maya輕而易舉就解決他長久以來的困擾，儘管黑米覺得他相當可疑，仍對他卸下心防，老實回答：「就到陽間走走，偶爾跟幾個同事聚聚。但大部分時候，我會到高的地方看夜景，打發時間。」

「原來是這樣。」Maya第一次對他露出了笑容，「黑米先生，如果您沒別的事，能否跟我去個地方？我有一件想做的事。」

黑米沒怎麼考慮就答應了。

結果男孩說的地方，是醫院院區裡最高大樓的頂樓。

比起白天，黑米更適應夜晚，因此也特別喜歡在晚上工作。平時結束工作，或是等待上工的空檔，黑米會獨自去到陽間各個大樓的最高處，看著燈火通明的城市，享受屬於他的寧靜時刻。

這次是他第一次在明亮的白天這麼做，而且身旁還有別人。望著被陽光照亮的都市，黑米不久竟聽見音樂聲，他循聲轉身，看見Maya兩腳懸空，坐在頂樓的邊緣，手裡不知何時出現一支黑色的樂器。待黑米看清了，才發現那是一把二胡。

Maya就這麼開始拉奏起二胡，他運弓的動作嫻熟，技巧高超，流暢優美的樂曲聽在黑米耳裡，媲美專業演奏者的水準。

動人的旋律，加上二胡特有的淒美音色，讓黑米當下聽到出神之際，腦海也驀然浮上一幕熟悉的畫面。

一個穿著白色上衣，手臂跟臉頰都帶傷的清瘦少年，手裡抱著一把黑色的二胡，獨自坐在陰暗狹窄的大樓樓梯間。

這是黑米的生前記憶。

但他不知道記憶裡的少年是誰，也不知道對方為何會是自己的生前記憶？在遲遲理不出答案的情況下，黑米也不再探究這個謎團。

直到現在看見拉奏著黑色二胡的Maya。

當樂曲結束，Maya對上黑米的視線，開口問：「怎麼了？是不是我的二胡拉得不好聽？還是您比較喜歡安靜的氛圍？」

「不是。」黑米喉嚨發乾，「你說想做的事，就是在這裡拉二胡？」

「對，我想拉二胡給某個人聽。有黑米先生在我身旁，那個人說不定聽得見。」

黑米意識到Maya不時話中有話，每一句聽來都像是在對他暗示。

「黑米先生為什麼要這麼嚴肅地看著我？」

黑米遲疑一陣，「你的二胡讓我想起一件事。」

他不確定自己是否真想確認些什麼，忍不住就將這件從未對別人說出口的事告訴了Maya。

「所以，黑米先生現在是懷疑，你記憶裡拿著二胡的那個少年，會不會是我？」

黑米答不上話。

「你覺得那個人是我嗎？」

黑米極其專注盯著少年許久，最後搖頭。

「不，你不是他。」

「你確定？」

「很確定。只有第三部門的死神過去是人類。你是第一部門的死神，自然不可能以人類的身分在陽間生活過。」

「您是從這一點分析出答案的？」

「我無法看清那個少年的長相，卻還是能從他側臉的輪廓，知道你們並不是同一人，這樣分析下來，讓我更加確定這個結果。而且死神不像人類會受傷流血，我記憶裡的那個少年，身上是有傷的。」

「那痛呢？」

「什麼？」

「正如您所言，死神跟人類不同，不會受傷、流血，那應該也不會有痛覺。可是黑米先生每次在醫院發作，心臟的位置都會痛到像是快裂開一樣吧？黑米先生明明死了，為何還能感受到這種痛楚？死神界數千名死神，為何唯獨您有這種情形？又為何只有黑米先生的弱點，與第三部門的其他死神不同？不是兇猛危險的惡靈，而是每天都有人類誕生跟死去，以及重生的醫院？」

黑米再度失去說話的能力。

「你到底想說什麼？」

「我只是好奇，黑米先生是真的好奇過這點？還是您有想過，卻不敢去查明真相？」

「這難道是我決定去查，就真能查出答案的事嗎？」

「您當死神這段時間，從沒想過向第一部門請求協助？」

「沒有，我以為第一部門的長官，不會管這些小事。」

「您錯了，第一部門早就知道您的情況，但您從不積極反應，森未部長才不干涉。但我想幫您，所以請他允許我到第三部門。」Maya語出驚人。

「是你主動要求來第三部門，而不是森未部長刻意安排？」

「對。」

黑米心中湧上警戒，「你為我這麼做的理由是什麼？我不相信你沒有其他企圖。如果你不說清楚，就算今後我只能自己去醫院，也無法繼續和你共事。」

「黑米先生，請相信我。我比誰都想馬上告訴您答案，但如果不是由您自己想起來，一切都沒意義，我只能從後推您一把。只要讓我繼續在您身邊，很快就有轉機，請您再耐心等候一會兒。這段時間，我一定盡己所能來幫您。」

黑米越聽越糊塗，彷彿墜入十里迷霧。

「你一直說要幫我，到底是想要幫我什麼？」

「幫您去到應該去的地方。」Maya目光堅定看著他，「我要讓黑米先生回到原本屬於您的地方。」

* * *

有人說要讓你回到原本屬於你的地方，那是什麼意思？黑米在海鮮餐廳裡丟出這個問題時，正在用餐的青舟和秋鳴紛紛停下筷子，陷入長考。

「有點深奧，如果是我，我會覺得這是要我別再當死神，趕緊去投胎的意思。」青舟吐吐舌。

秋鳴若有所思，「是誰對黑米你說出這麼奇怪的話？」

「難道是Maya長官？」青舟瞠目。

「怎麼可能？我只是隨口問問。」黑米面不改色低頭啜一口酒，沒打算據實以告。

即使Maya沒有提醒，黑米也清楚這不是能對他們啟口的事。

「菁英死神的力量果然名不虛傳，只是讓大哥你碰他的身體，你的老毛病居然就解決了。Maya長官明明只是小孩，竟有這麼大的本事，但我更沒想到森未部長這麼好心，居然直接讓他來幫你。有了Maya長官，大哥今後就真的無敵了！」

青舟開心說完，卻又皺起眉頭，「但是今天聽完森未部長說的話，我心裡忽然有個疑惑。」

「你這個好奇寶寶又有什麼疑問了？」秋鳴無奈一笑。

「為什麼要有死神第三部門？」青舟正經發問，「就我觀察，死神界其實有第一部門及第二部門就足夠了，為何要再多一個由人類組成的死神部門？

若是有實力的死神也就罷了，偏偏整個陰間組織都知道，死神第三部門多會給死神界扯後腿。不僅各方面都無法跟前兩個部門相比，又不斷惹事生非，連主管都不負責任，根本就是沒用的部門。既然如此，森末部長為何不乾脆廢掉第三部門？還有，當初是誰決定創立第三部門？又為何決定讓死去的人類來當死神？死神第三部門存在的意義到底是什麼？你們都不好奇嗎？」

青舟此番言論，讓黑米和秋鳴宛若當頭棒喝，看著他愣住。

「這是我第一次覺得你有腦袋，不錯。」黑米主動拿起酒杯跟他的對敲。

「我好感動，原來青舟你是會思考的。」秋鳴深感欣慰。

「你們到底是在讚美我還是諷刺我？」

「當然是讚美你，我在第三部門待得比你久，都沒想過這個問題。你這問題真的問得很好，你今天該提出來的，難得森末部長都來了，說不定以後沒機會再見到他呢。」秋鳴惋惜道。

「我哪敢問？光是對上森未部長的眼睛，我就緊張到兩腳發抖了。等等，Maya長官是第一部門的，或許他知道什麼。對不對，大哥？」

「對啊，要我幫你問問他嗎？」

「呵呵，不用，我其實也沒有非常想知道。」收到黑米的冷眼，青舟反應機警，迅速笑嘻嘻改口。

離開餐廳後，青舟遇到其他認識的死神，直接跟他們續攤。

秋鳴告訴黑米：「我等一下還有工作，也要走了，你要回辦公室嗎？」

「我去其他地方走走。」

「好，那辦公室見。」秋鳴拍拍他的背，「你今天有點心不在焉，雖然你沒承認，但我想還是與Maya長官脫不了關係吧？如果真有什麼事，不要勉強，有我幫得上忙的地方儘管說。」

黑米看著秋鳴真誠可親的笑容，不發一語。

之後他獨自去到高樓大廈的頂樓看夜景，將今日Maya說過的話反芻無數回，終究沒能發現任何蛛絲馬跡。

儘管確定記憶裡的那名白衣少年並不是Maya，但想到他們竟然剛好都有一把黑色二胡，黑米還是有點難以相信這是單純的巧合，卻也猜不出這兩人會有什麼關聯。

Maya口中說的原來屬於他的地方，究竟是哪裡？

「他到底希望我能發現什麼？」

想著想著，一道熟悉的淒美音色，在黑米耳邊驀然響起。

黑米猛地張望四周，卻不見半點人影，之後才發現疑似是自己幻聽。

明明Maya不在身邊，黑米卻有一瞬間，聽見了他的二胡聲。

✹ ✹ ✹

黑米收到「強制執行」的白單後，隔天有其他五名死神收到相同的命令。

青舟就是其中一個。

看著六張簽上名的黑單，他很快揚起一貫的陽光笑容，對為他擔心的幾名女死神說：「沒事，只要處理得當，這些亡靈未必都會變成惡靈呀，妳們不用擔心，祝我好運就好！」

儘管他這麼說，一股不安的氛圍，還是如漣漪般在第三部門擴散開來。

大家覺得這就是森未部長口中所謂的「動手處理」。他不再繼續睜一隻眼閉一隻眼，放任第三部門無法無天，於是用這方式給予警告。

「我還是第一次收到這麼多張黑單，是不是應該做個紀念啊？」青舟一臉新鮮地對秋鳴打趣道。

她有些於心不忍，「我說，青舟……」

「別擔心，這些黑單都簽字了，誰都幫不上忙。」青舟轉頭問後方的黑米，「大哥今天有幾份單？」

「自己不會看？」

黑米桌上擺著十份只有他能處理的白卷宗。

「哈哈，大哥又是大豐收，但有Maya長官在，相信你今天不會有事的。」青舟說完就站起來活動筋骨，一副蓄勢待發，「第一個任務要開始了，我走嘍。晚點見！」

青舟離開後，秋鳴再也壓抑不住心中的擔憂，告訴黑米：「聽說今天收到強制命令的五人，都是拿到黑單。剛才我看了青舟的六個任務，發現都是有可能變成惡靈的亡靈，他從來沒有一次應付過這麼多危險的任務。」

「他好歹也當了兩年的死神，只要謹慎處理就不會有危險，試著相信他吧，這也是讓他成長的機會。」

秋鳴抿著唇，滿懷忐忑的點頭。

如青舟所言，這次黑米雖然收到十張要去醫院的白單，但有Maya在，這天他十分順利就完成了任務。

黑米在Maya的要求下，再次來到醫院的頂樓，聽他拉奏二胡，才聽第一段，黑米就發現跟昨日的曲子是同一首。

「你只會拉這一首嗎？」對方演奏完後，黑米直接問他。

「您聽出我拉的是同一首曲子？」

「當然聽得出來。」

「這表示您已經記住這首曲子，實在是太好了。」Maya露出笑容，感覺很高興。

黑米不明白他的喜悅，「為什麼太好了？」

「如果黑米先生記住了，那個人醒來後，也會記得這首曲子的。」

又是聽來語焉不詳，卻充滿暗示的一句話。

「你說的那個人，就是你說希望能聽見你拉奏二胡的某人？」

「對。」

「如果我現在問你那人是誰，你不會告訴我吧？」

「是的，黑米先生必須自己想起來。」

果然如此。黑米確定再問下去也只是浪費力氣。

「若這曲子跟我有關，至少告訴我曲名吧？」

「您已經知道了。」

「我幾時知道了？」

「您真的知道了，只是還沒察覺而已。」見黑米眉頭深鎖，Maya笑著換了話題：「黑米先生擔心青舟先生嗎？」

他停了一下，「沒有啊。」

「承認擔心對方並沒什麼。如果青舟先生知道您在擔心他，應該會很高興的。」

想起青舟今天強顏歡笑的樣子，黑米不禁默然。

「這些強制命令，真是森未部長對第三部門降下的懲處？」

「如果是，您會不滿嗎？」

「這倒不會，畢竟第三部門的死神確實都很不像樣，包括我在內。我甚至認為他能夠容忍我們到現在，已經是寬宏大量了。」他實話實說。

「沒想到黑米先生能體諒森未部長的心情。」

看著Maya的笑容，黑米索性將青舟的疑惑提出：「死神第三部門不是森未部長創立的吧？」

Maya沒有馬上回答他，「為什麼這麼問？」

「因為事實證明死神第三部門對死神界毫無用處。昨天見到森未部長，我就看出他對第三部門沒有絲毫情感在，甚至覺得他是厭惡這個部門的。他是死神界權力最高的人，若他真心想讓第三部門消失，不必經過任何人同意，隨時可以這麼做，但他沒有，所以我認為應該有什麼原因，讓他無法動手。」

「如果黑米先生的推論正確，您覺得森未部長無法動手的原因是什麼？」

「我怎麼可能知……」

黑米很快停了下來。

他想起森未部長昨日的言論，以及聽到女死神提出的問題時，他臉上那一瞬間的表情變化。

「莫非跟第三部門的主管有關？」強烈直覺升起，黑米大膽臆測，「創立死神第三部門的人，難道就是我們主管？而他跟森未部長的關係匪淺，所以森未部長才無法下手？」

「黑米先生，您真的很聰明。」

Maya的讚美等於證實他的猜測正確，黑米意外之餘，也深感納悶。死神第三部門的主管是何方神聖？竟然連森未部長都拿他沒轍？

「你見過我們部門的主管嗎？」黑米問。

「見過。因為黑米先生是特別的，所以我只透露給您。死神第三部門的主管，名字叫穆乙。他與森未部長，還有第二部門的斯蒸主管，關係相當密切，有著您無法想像的深厚交情。」

直到現在，黑米才終於知道他們主管的名字。

關於死神第二部門的主管斯蒸，黑米雖未曾親眼見過對方，但他在當死神的第一天，就從青舟口中聽聞對方的大名，也知道他是死神界裡權力僅次於森末部長的長官。

照此推論，第三部門的主管穆乙，理當是死神界權力第三高的人，但是黑米卻也聽青舟說過，死神界除了森末部長及斯蒸副部長，似乎沒有一個死神知道第三部門的主管是誰。

那Maya怎麼會見過他？

面對黑米的質疑，Maya承認：「您說的對，除了森末部長與斯蒸副部長，真正見過穆乙長官的死神只有我。不過黑米先生，其實您也跟他接觸過，只是您當時並不知道他的身分。」

「這怎麼可能？」

「是真的。記得把您帶到死神第三部門的人嗎？那位就是穆乙長官。」

黑米嚇了一跳，立刻想到戴著詭異貓面具的那個黑衣人，以及在醫院裡幫過他的男死神。

那人明明繫著紅色領帶，第二部門卻堅稱沒有這個死神，而那位男死神的聲音，還跟當時接他去死神第三部門的男人一模一樣。

思及沒有其他死神見過穆乙長官這一點，那些令黑米困惑不已的問題，都有了解答。

黑米只能猜測，穆乙長官是不想讓黑米跟路子察覺他的真實身分，才會在醫院裡喬裝成第二部門的死神。

「如果你說的是真的，為何只有你能見到穆乙長官？」黑米不解。

「我還不能說，等時機成熟，我才能告訴您。」Maya回答。

黑米深深吸一口氣，「那你能不能告訴我，穆乙長官為何要成立死神第三部門？而且還是找死去的人類當死神？然後就置之不理？倘若他無心管理，甚至根本已經放棄第三部門，為何不乾脆廢除？」

「穆乙長官並沒有放棄死神第三部門，相反的，他非常愛第三部門，只是他管理的方式跟其他兩位長官不同。他會成立第三部門、用人類當死神，又遲遲不現身，都是有理由的。因為他，我現在才能和黑米先生在這裡對話；我曾跟您一樣，不明白穆乙長官成立死神第三部門的動機，但一見到黑米先生，我就立刻理解了。等黑米先生同樣理解的那天，您也會明白，他為何選擇用人類當死神。」

黑米難以想像有那一天，但Maya的語氣很篤定，像是從未懷疑這點。

「那你剛剛說，你現在能在這裡和我對話，是因為穆乙長官。除了是因為他帶我來到第三部門，還有其他的意思嗎？」黑米深深覺得事有蹊蹺。

Maya點點頭，「等時機成熟了，我會告訴您。」

見談話再度回到原點，黑米無言以對。

儘管從Maya口中知曉不少重要訊息，可黑米的疑惑卻不減反增，瀰漫在他眼前的迷霧依舊沒有散去的跡象。

深夜，黑米獨自坐在高樓上，繼續思索著這一切。

沒有多久，他再次出現幻聽，Maya拉奏的那首樂曲又出現了。

與此同時，一幀幀陌生的血腥畫面如閃電般打進黑米的腦中，讓他全身僵直，重重打了個冷顫。

那是數十隻死亡的成貓及幼貓，成堆躺在血泊中的可怖景象。

為什麼這些畫面會竄進他的腦海？

黑米更加困惑了，當死神至今，他見過無數比這幕更駭人的場景，卻不曾感受到方才那樣的強烈惡寒。

彷彿那一瞬間，恐懼向自己襲來。

❁ ❁ ❁

看見回到辦公室的青舟，秋鳴情不自禁地上前擁抱他，為他的平安歸來感到高興。

「秋鳴就是愛操心，我只是比平常稍微認真點，就讓那些靈魂乖乖跟我走了，根本沒什麼可怕的。」青舟洋洋得意，笑她大驚小怪。

然而秋鳴一離開，青舟就不再耍帥逞強，他抓緊黑米的衣袖，滿臉餘悸猶存。

「大哥，今天有個超級可怕的惡靈，我幾乎招架不住，不僅差點讓他逃了，還不斷被他攻擊，好不容易才成功收服。我被惡靈壓制住的時候，真的以為自己會死。」

「你本來就已經死了啊。」

「你別挑我語病啦，我是真的嚇壞了。」青舟哭喪著臉。

『**如果青舟先生知道您在擔心他，應該會很高興的。**』

想到Maya的話，黑米嘆一口氣，「不管怎樣，回來了就好。」

「大哥擔心我嗎？」

「本來不擔心，但看到秋鳴擔憂成那樣，我也被她影響。誰叫你頭腦簡單，如果碰上個性狡猾的惡靈，搞不好真的會出事。」

青舟笑容綻放，用力抱住他，「我太感動了，你竟然有在擔心我，不枉費我把你當大哥。大哥請我喝酒吧，就當作給我的獎勵！」

拗不過青舟死皮賴臉的糾纏，黑米最後答應了他。

隔日再進辦公室，看見桌上的十份黑卷宗，這次青舟再也擠不出半點笑容了。

收到強制命令的死神，這天一口氣增加二十五名，接到的全是黑單。

大家確定森末部長並非只是單純警告他們，而是對他們展開「肅清行動」，森末部長鐵了心將第三部門的死神全數推上火線，讓他們直接面對最危險的考驗。

第三天，接到強制命令的死神已經超過五十名。

到了數量已達八十五名的第五天，死神第三部門發生有史以來最慘烈的大事。

有兩名死神在執行黑單任務時，不幸慘遭惡靈消滅。

森末部長的制裁卻未就此結束，第六天，接到強制命令的死神繼續攀升至九十五名。

兩名死神的滅亡，一下子就讓十幾名死神決定交出紅線，離開死神第三部門。

第七天，一名男死神再也受不了，跑去向Maya求救。

「森末部長這不是在懲罰我們，根本是想消滅第三部門吧，請您幫我們向森末部長求情，不要再強迫我們每天執行黑單任務了。再這樣下去，我們真的都會被消滅的！」

「對不起，我幫不上忙。」Maya遺憾的回答。

「那您為何可以幫他？」他伸手指向黑米，眼中充滿對黑米的憤恨，「現在就只有他可以每天接到白單，還有您在身邊幫忙。這完全不公平，為何他可以得到您的庇護，我們卻不行？」

「因為黑米先生的情況與你們不同。」

「哪裡不同？他有什麼地方了不起？憑什麼就他有特權？森未部長的處罰根本一點也不公正，你們分明是在偏袒他！」

男死神說完這句話，脖子就像是硬生生被掐住，他再也發不出聲音，整個身體動彈不得。

Maya起身到他面前，輕輕抬起男死神僵硬的左手，露出他繫在手腕上的紅線。

「我很抱歉，森未部長的命令，我也只能聽從。」Maya的目光先是停在那條紅線上，再移到男死神的眼中，「我雖然不能協助你執行黑單任務，但可以現在就幫你收回這條紅線。如果你後悔當死神，可以有其他選擇，不必再承受這種恐懼。」

少年純粹無害的語氣，此時聽在所有人耳裡，殘酷得令人不寒而慄，男死神被嚇得噤聲，不敢再有半句怨言。

✹✹✹

這一天，又有死神決意交出紅線，短短數日，第三部門就少了將近二十多名死神。

到了第八天，死神第三部門最黑暗的時期，似乎已然過去。

收到強制命令的死神們，終於不再只收到黑單，幾個女死神看見自己桌上出現白卷宗，高興到在辦公室裡哭出來。

強制命令仍在繼續，除了Maya，卻有一名死神始終沒有收到這項命令，那就是秋鳴。

森未部長這次給第三部門的制裁，帶給大家不小的創傷和陰影，許多死神縱使對黑米不滿，但有Maya在，他們敢怒不敢言，如今發現又有疑似享有特權的死神，大家便將討論焦點放在秋鳴身上，對她有了諸多揣測與質疑。

那段時間，青舟也明顯疏遠秋鳴和黑米，鮮少再找上他們。

若是和其他死神一樣對他們產生嫌隙也就罷了，但黑米發現青舟的一反常態，是他跟任何人都刻意保持距離，從前最愛呼朋引伴的人，現在幾乎是一個人行動，黑米經常看見他獨自坐在位子上發呆，不知道在想什麼。

除了青舟，秋鳴也讓黑米覺得不對勁。

某次趁著Maya不在辦公室，她親自拜託黑米處理一份黑單任務。

「這個任務我很確定自己無法處理。黑米，你能不能幫幫我？」秋鳴將手中的黑卷宗遞給他。

Maya曾告訴黑米，只要不耽誤到自己的任務，只要黑米願意，還是可以協助其他尚未收到強制命令的死神，Maya是不會干預他的這項行為。

明知自己已經遭到質疑，秋鳴卻仍在這最敏感的時刻，繼續找上黑米，此舉徹底激怒其他死神，他們私底下辱罵秋鳴，將心中的怨氣全數發洩到她身上。

秋鳴過去愛好和平，擅長察言觀色，與所有死神都能和睦相處，此時卻做出像是刻意挑起大家怒火的舉止，讓黑米百思不解，而面對大家的言語攻擊，秋鳴從頭到尾無動於衷，似乎一點也不在乎。

確認過黑單上的任務及時間，黑米答應她，「好。」

「謝謝你，黑米。」

秋鳴的笑容一如既往真摯，在黑米的注視下轉身離開。

不光是秋鳴與青舟，這段時間黑米身上也出現重要的變化。

自從與Maya搭檔工作，黑米每天都聽得見二胡聲。就算Maya不在身邊，那首樂曲還是會如影隨形，時不時在黑米腦中響起，讓他看見更多詭譎的畫面。

黑米想不起已經看見多少次貓的屍體，以及牠們的死亡過程。

被石頭活活砸死、被人從高樓扔下摔死、被扔進火爐燒死、被人用刀開腸剖肚……，就算他不願再想，但這些駭人影像還是會強硬闖進他的意識，沒有停止的跡象。

當黑米思考起這些貓與自己的關係，生前記憶這個選項，就這麼自他心底油然而生。

倘若這些畫面是真的，也是他的生前記憶，那麼，這些貓的死必然跟他脫不了關係。

他很可能就是對那些貓下毒手的人。

＊＊＊

「能不能別再拉奏這首曲子了？」

某天在醫院頂樓，黑米對Maya這麼說。

這次少年演奏不到一半，黑米又看見畫面了，一隻被綁在地上的小花貓，遭到一台往後行駛的車子輾過。

小花貓血肉模糊的悽慘樣子，讓黑米心裡突然生起一股焦躁，忍不住脫口而出。

「為什麼？」Maya好奇。

「因為我聽膩了，你難道不會膩嗎？」

黑米並不想將自己這段日子看見的東西告訴他，畢竟他無法百分之百確定，自己會一直看見這些影像，就是因為Maya的二胡所致……

「我不會膩，也不打算拉奏別首，但如果黑米先生不想聽，今天我就不拉了。」Maya說完便真的停下來，黑色二胡同時從他手中消失，「您今晚要幫秋鳴小姐執行一項任務吧？我有聽見其他死神在討論。」

「對，我評估過內容，這次任務對秋鳴確實很危險，反正她也還沒收到強制命令，我就答應幫忙。」

「黑米先生對秋鳴小姐真的很好，一點也不像是其他死神說的那樣冷酷無情，您其實是只對在乎的人好，我說的沒錯吧？」

黑米沒回答他，嚴肅啟口：「我有一事不解。」

「你想知道為何只有秋鳴小姐沒收到強制命令？」Maya自行猜測。

「這也是森末部長的蓄意安排吧？我不想揣摩上意，只想向你確認，你說過第三部門主管沒有拋棄死神第三部門，但為何第三部門發生異變至今，他始終沒有做些什麼？我對森末部長做出的制裁沒有意見，但我實在很懷疑你說的那位愛著第三部門的穆乙長官。他不可能到現在都還不知道自己的部門已有死神遭到消滅，並且一個個出走吧？不管有什麼理由，身為主管到了這個地步還不出面負責，未免太荒唐，我很難相信他真的有把第三部門放在心上。」

Maya用清澈的眼眸凝望黑米。

「黑米先生您說過，您覺得森末部長其實是厭惡死神第三部門的，對不對？」

「是又如何？」

「您的觀察力很敏銳，森未部長確實不喜歡第三部門。說得更正確點，他厭惡的是曾經身為『人類』的死神。森未部長會討厭人類，正是因為穆乙長官。森未長官似乎一直認為，是人類把穆乙長官搶走了。」

黑米疑惑，「這是什麼意思？」

「穆乙長官對人類的愛與癡迷遠遠超乎您的想像。他甚至可以為了人類，讓自己真的變成人類。當他以人類的身分在陽間生活，確實不太會知曉死神界發生的事，只有要帶亡靈去死神第三部門的時候，他才會以死神的身分重返陰間。」

過了半晌，黑米的思緒才跟上Maya所言。

「你的意思是，他確實不知道第三部門這段日子發生的事，因為他都在陽間？那如果他真的變成人類，要怎麼以死神的身分重返陰間？」

「很簡單，跟人類一樣，讓自己死亡。說來有點複雜，穆乙長官只能算是『半個人類』，他外表跟人類無異，會受傷也會流血，可是當他自殺成功，只會『暫時死去』，他死去的那段時間，就會回到陰間，等他把人類亡靈接到死神第三部門，就會再讓自己『復活』，直到又發現一個掉落至虛無之海的亡靈。」

「虛無之海？那是什麼？」

「是存在於陽間與陰間之間的某個地方，也是穆乙長官主要的管轄區。極少數的特殊亡靈，死後沒有死神迎接，而是去到那裡。除了我，目前第三部門的所有死神，都是在那裡被穆乙長官發現，包括黑米先生您。」

黑米隨他的話，想起自己死後睜開眼睛看見的地方，難道那裡就是虛無之海？

這些事他是第一次聽說，他相信連青舟和秋鳴都不知道。

「為什麼我們死後不是被死神接走，而是去到虛無之海？死神第三部門的死神，跟其他的亡靈有哪裡不同？」黑米迫切想知道這個問題的答案。

「請恕我無法告訴您，現在讓您知道更多，對您並無益處。但若您想解開這個謎團，等有一天見到穆乙長官，您可以親口問他。」

「怎麼可能？」他不認為自己還有機會見到本人。

「只要黑米先生沒有忘記死神部門的一切，我相信有可能的。」他說得意味深長，且十分肯定。

黑米敏銳察覺到這個話題已經結束，Maya不會再對他透露更多了。

於是他換個方向探問：「穆乙長官明明是死神，為什麼能做得到這些事？」

「您是指他為何還能變成人類，在陽間生活嗎？我也不曉得，只有森未部長與斯蔡副部長才知道。」Maya聳聳肩，繼續補充：「穆乙長官不是每次都藉由自殺回到陰間，倘若他在陽間壽終正寢，或是發生事故死亡，一樣也會回來，而當他在這兩種情況下再去到陽間，就是透過轉生，變成嬰兒重新開始，如此不斷循環。」

望著黑米此刻的表情，Maya的笑容難得滲出一絲無奈，「您一定覺得穆乙長官很瘋狂，讓人很難理解吧？我也這麼想，但他確實就是這樣的一個死神，連森未部長都阻止不了他。所以森未部長會討厭人類，也算情有可原。」

黑米百感交集，「難道你想說，森未部長是藉著這次肅清，公報私仇？」

「不，森未部長雖然確實討厭第三部門，但他做的都是死神部長該做的事，包括淘汰掉不適任的死神、重懲有違規行為，以及嚴重破壞死神界秩序的死神。若不是穆乙長官，森未部長確實不可能容忍第三部門這麼久。當然這次他下手會這麼重，可能確實也懷有一些私心，畢竟穆乙長官先前返回陰間，帶著路子小姐到第三部門，並不是透過自殺回來，而是在陽間遭到殺害。看到穆乙長官被人類如此對待，依然毫不猶豫地選擇轉生，森未部長自然對人類更加反感。」

聽到這裡，黑米又有了猜測，旋即將曾在醫院見到穆乙長官的事告訴

Maya。

「莫非穆乙長官那次幫了我之後，就轉生變成人類了？」

「我想是的，所以他在陽間還只是個新生兒，他出生滿11天，就會逐漸想起自己的身分，等到那時森未部長才能找到他。」

一下子聽了這麼多撲朔迷離的事，黑米沉澱良久，才問他：「你為什麼忽然肯告訴我這麼多？」

「因為我發現時機就快成熟了，所以先對您坦白這些。」

Maya臉上掛著淡淡的笑意。

那日深夜，黑米幫秋鳴完成黑單任務，準備回到死神第三部門，就看見獨自走進速食店裡，不知道是不是也剛執行完任務的青舟。

黑米站在店外，透過落地窗觀察他，發現青舟坐在角落的座位上，手裡緊握著一支接著耳機的手機，像是專注聽著音樂。

望著這一幕許久，黑米知道若現在進去找他，青舟大概也不會高興，因此決定不打擾他，掉頭離開。

✹ ✹ ✹

森未部長的強制命令實施十四天後正式解除，第三部門的死神們歡聲雷動，無不欣慰。

思及Maya說過的話，黑米不由得猜想，森未部長大概已經找到了轉生至陽間的穆乙長官了，也覺得對第三部門做到充分的警示效果，因此決定放他們一馬。

但秋鳴的處境依舊已經回不去，她跟黑米一樣被孤立，秋鳴也默默接受這個結果，從未對黑米說什麼。

許久沒來找黑米的青舟，這天竟主動來跟他搭話，問起他今日的任務幾時結束。

聽完黑米的回答，青舟認真說：「你任務結束後，我們老地方見，你一定要來。」

黑米看著青舟離開辦公室，心裡五味雜陳，不知青舟這次找他有什麼事，隱隱覺得不單純。

深夜時分的海鮮餐廳，黑米看見秋鳴與青舟坐在老位子上對他招手，才知道青舟也找了秋鳴。

青舟變回了之前的開朗模樣，就像過去三人暢談的愉快時光。

「我以為你不會再理我們了。」秋鳴語帶感動。

「對不起啦。」青舟沒多說什麼，殷勤地幫他們倒酒，對盯著他看的黑米說：「大哥，快喝啊。難得我請客，這種機會可不是常有的！」

「這倒是。」黑米嘀咕，終於拿起酒杯，注意到青舟的酒杯到現在都還是空的，「你幹麼不喝？光顧著幫我們倒酒？」

「我已經不喝酒了。」青舟笑笑這麼說。

吃飽喝足後，青舟放下筷子，清清喉嚨。

「大哥，秋鳴，你們記得我說過，我的生前記憶是一支手機吧？」

秋鳴點頭，「記得呀，怎麼了？」

「那跟我的死，真的有一點關係。」青舟平靜地投下震撼彈，「我想起我的生前記憶了。不管是我之前的名字，還是決定走上絕路的緣由，我都想起來了。」

兩人面露驚訝，一時之間沒有回應。

秋鳴啞聲問：「什麼時候？」

「大概是從收到強制命令的第七天，我就開始想起很多沒見過的畫面，到了第十二天，我就想起一切了。聽說這段期間離開第三部門的死神，有五個跟我是一樣的，所以我在想，會不會是我們一下子接觸太多心懷怨念的惡靈，才會慢慢想起生前的事？但大哥過去明明也一直接觸這些惡靈，卻不會這樣，所以我認為，這應該是我心智不夠堅強才會被影響。過去的死神會忽然想起生前的事，很可能就是這個原因。而且生前死得越冤、越是懷抱著不甘心的死神，最容易受到惡靈影響，比如路子。我是這麼推測的。」

青舟深吸一口氣，繼續娓娓道來：「我想起我生前叫王耀明，是個在網路上被發跡的歌手，後來變成偶像團體的成員。我成名太快，變得自視甚高，把別人的支持視為理所當然，不懂珍惜。有次我在家裡喝得酩酊大醉，將一名女歌迷寫給我的信，透過手機直播的方式唸給大家聽。我嘲笑她的文筆，還公布她的名字及學校，最後當著上千名網友的面，用打火機將那封信燒毀，那位女歌迷不堪受辱，憤而輕生，所幸成功獲救，而我變成眾矢之的。從天堂掉到谷底後，我自暴自棄、天天酗酒。有一次我又酒醉，大肆痛罵那些批評我的人，沒想到被我最信任的朋友用手機錄下，並上傳網路，再次引起軒然大波。那段期間，我完全不敢去看網友怎麼議論我，只要看見手機，我就會恐慌到吐。也因為遲遲走不出低潮，某天一時想不開，就在家中上吊輕生。」

一口氣說完這段故事，青舟苦澀一笑，「我真的是個人渣，那位女歌迷在我還沒出道時就支持著我，我卻這樣踐踏她的心意。如今想起這些記憶，我也不會為自己的死感到惋惜，也不恨背叛我的那個朋友，只後悔沒機會向那位女歌迷親口道歉。」

黑米這時想起一件事，向他確認：「我曾看到你拿著一支手機坐在速食店裡，那時你就已經想起來了？」

「喔？原來大哥有看到？對啊，那位女歌迷曾寫信告訴我，她最喜歡我寫的某一首自創曲，那是我出道前在網路上發表的第一個作品，她聽了那首歌後就變成我的歌迷。當我想起這件事，就透過一點辦法，從人類手中借到一支手機，找出那首歌，回味從前創作那首歌的自己。」他不好意思地坦承。

黑米切入正題，「那你現在打算怎麼做？」

「少來啦，大哥，你一定猜到了，明知故問。」青舟大力拍了下他的臂膀，燦笑宣布，「我決定離開死神第三部門了。」

「真的嗎？」雖然秋鳴似乎也對青舟的這個決定不算太意外，卻還是忍不住說：「就算青舟你想起一切，但你還可以繼續當死神，難道你有了想要轉生的念頭？」

「對，坦白說，如果我沒有想起這一切，我一定會繼續留在死神第三部門。但想起來以後，我竟漸漸希望可以給自己一個重新開始的機會，因此我心甘情願接受審判，這是我思考很多天做出的決定。所以今天是我當死神的最後一天，也是最後一次跟你們坐在這裡。我很高興可以認識大哥和秋鳴，你們真的就像是我的哥哥和姊姊。如果可以，希望下輩子能再見面，最好可以真的當你們的親弟弟。」

在秋鳴的淚目下，青舟也紅著眼眶將左手腕上的紅線脫下，慎重地遞到黑米眼前。

「大哥，我的紅線，請你幫我收下。這件事理當該由前輩或長官負責，但如果能由你送走我，我會覺得很榮幸。等我踏出這裡，就不會再回到死神第三部門。我知道這麼做可能會害你遭到處分，但你就讓我任性這最後一次吧。」

黑米望著青舟許久，伸手接過那條紅線。

三人來到門邊，青舟用頑皮的笑意問黑米：「大哥，我是不是很勇敢？」

黑米面不改色道：「嗯，算是我看你最勇敢的一次。」

「你會想我嗎？」

「可能偶爾想想。」

「大哥真的進步了。還好你不是說不可能，這是我從你口中聽到最感人的回答了。」

青舟開心的哈哈笑，用力抱了兩人一下，對他們道別，轉身一踏出餐廳大門，他的身影便消逝在黑夜之中。

回到辦公室，黑米拿起青舟桌上的一份白卷宗，將紅線放進去，然後闔上，卷宗和辦公桌在他眼前一同消失。

「也許你很快就會收到懲處，真的沒關係？」秋鳴站在身邊問他。

「嗯，這種違規程度不至於被踢出死神第三部門。既然是那小子最後的願望，我就幫他達成吧。」黑米沉聲回。

「黑米，假如有一天，我也希望你能收下我的紅線，你願意嗎？」

黑米轉頭看她，沒有回答。

「開玩笑的。」秋鳴莞爾輕拍他的手臂，轉身就走。

然而黑米聽得出來，秋鳴並不是在開玩笑。

違反規定送走青舟，讓黑米一口氣吃上二十張黑單與二十張白單。但黑單對他不痛不癢，碰到去醫院的白單，Maya也會陪同，因此這項處分只是讓黑米必須忙碌一整天，並不會構成什麼威脅。

秋鳴的那句話言猶在耳，幾日後，黑米看見秋鳴在座位上，異常專注地看著手中的一份白卷宗。

當秋鳴帶著溫和笑意，抱著那份白卷宗到他面前，黑米感知到了什麼，因此沒有出聲，等著她開口。

「黑米，今晚我想請你陪我去執行一項簡單的任務。我已經向Maya長官請示過，他同意了，也答應會說服森未部長不讓你收到處罰。你可以幫我嗎？」

在死神第三部門，只有特殊狀況，上級才會安排兩名以上的死神進行同一項任務，因此黑米一聽就知道，秋鳴說的任務絕非如此單純，不然Maya不會同意幫忙。

儘管已經猜到了七八分，黑米仍點頭答應下來。

晚上九點，秋鳴和黑米抵達某個住宅區的一間老舊民宅。來到民宅二樓的一間臥房，裡面的單人床上，躺著一名骨瘦如柴，眼睛半睜半闔，動也不動的少女，黑米發現這少女是植物人。

瞥見秋鳴凝視少女的憐愛眼神，黑米恍然大悟。

「妳果然也跟青舟一樣，想起生前的記憶了？這個女孩是妳生前認識的人？」

「是。」秋鳴坦承。

「妳何時想起來的？」

「如果我說，我跟路子一樣，在成為死神的第一天就想了起來，你相信嗎？」

黑米不敢相信自己的耳朵。

「妳是說妳當死神的這六年，始終記得生前的一切？」

她頷首，「對，我從沒有告訴任何人，想起來之後，我遍尋不著我們部門的主管，只好請第一部門協助。可我不是請森未部長幫我想辦法，而是請求他能讓我有一天親手接走這個孩子的靈魂，沒想到竟然獲得同意。森未部長也許是想考驗我，這六年來經常將跟小孩子有關的黑單任務發給我，想看我是否能撐到這孩子離開的時候，所幸第三部門一直有交換任務的風氣，我深知自己沒有能力應付惡靈，只好想辦法跟擅長應付黑單的死神打好關係，避開任何讓我滅亡的可能。當黑米你出現了，我也馬上親近你、巴結你，想讓你成為我最大的靠山。而且我早就知道，若讓黑米你也去請求森末部長，你不能進醫院的毛病，或許就能解決，但如此一來，我就不能和你交換任務，因此沒有繼續說服你。在我能夠接走這個孩子之前，我只能自私地不斷欺瞞你並利用你，對不起。」

黑米久久不語。

聽完秋鳴這番話，他也大概猜到，為何只有秋鳴沒有收到森末部長的強制命令，這很可能也是森末部長想給秋鳴的考驗，他想測試秋鳴敢不敢在與其他死神為敵的情況下，繼續將黑單推給黑米，而秋鳴也成功向對方證明自己的決心不變。

「這個孩子叫秋妘，她是我的學生，六年前變成植物人。她家境不好，身邊只有罹癌的父親。今日我一收到這孩子的白單，就知道她的父親已經無力再照顧她。她的父親四天前拔掉她的鼻胃管，再過不久，這孩子就會死去。」

秋鳴深深地凝視少女乾瘦的臉，淡淡地說起往事：「秋妘是很乖巧的女孩，在學校經常主動幫我的忙。她沒有母親，所以相當親近我，我也特別照顧她。我生前答應過她，在她十二歲生日那天要帶她去遊樂園玩，偏偏就在那一天，在外地工作的男友突然回國找我，我為了跟男友相處，便打電話給秋妘的父親，騙他說臨時有重要的事，對秋妘爽約，對方答應等秋妘起床會幫我轉達，卻沒想到期待這日已久的秋妘，那天早就出了門。等我跟男友約會完回到家，才接到她父親從醫院打來的緊急電話。秋妘在約定地點等了我兩個鐘頭，最後被一名陌生男子哄騙拐走，那人不但把秋妘打到全身多處骨折，還企圖性侵她，秋妘從他手中逃跑時，不慎摔下了樓梯，頭部受到重創，從此再也沒起來過。」

停頓一下，秋鳴用平鋪直述的語氣，繼續說下去：「秋妘出事後，巨大的罪惡感讓我無時無刻活在地獄裡，每天自暴自棄，猶如行屍走肉，我男友受不了這樣的我，最後拂袖而去，就在他離開的當晚，我在家裡浴室裡割腕。當我記起這一切，我便想著，倘若我決定當死神，說不定就有再見到秋妘的機會，是這個信念讓我撐到現在。」

語落，秋鳴抬眼看向黑米，「你會怪我一直在利用你嗎？」

「我不也是一直在利用妳？」他沉聲應，毫不在意。

秋鳴眨眨閃爍著淚光的眼睛，深深吸一口氣。

「時候到了。」秋鳴說完，走到少女的身邊，看著她的氣息從緩慢到完全停止，接著柔聲呼喚：「梁秋妘女士，時辰已到，請隨我行。」

個頭嬌小的少女亡靈，在秋鳴的召喚中，緩緩來到她的身邊。

少女一看清秋鳴的臉，眼中浮上清晰的詫異。

「老師……由慧老師？」

「對，是我。」秋鳴流淚，露出笑顏，「小妘，對不起，老師遲到了。」

「老師妳為什麼……我、我已經死了嗎？」

看見站在一旁的黑米，再看看躺在床上的自己，少女滿臉不知所措。

「是的，秋妘妳不必再受苦了，老師是來迎接妳的死神，我會跟妳一起走，所以妳不必害怕。」

少女大驚，「老師為什麼會是死神？」

「因為老師也和妳一樣已經不在人世，為了見到妳，我決定成為死神。」

少女傻愣半晌，不久哭了起來。

「為什麼由慧老師會死？老師，妳做了什麼？為什麼妳會死？」

「別難過，老師一直都在等這一刻。如今再與妳重逢，老師沒有遺憾了。對不起沒能陪妳過生日，這次老師不會再失約。跟老師走吧，我會永遠陪伴妳，不讓妳孤單。」

秋鳴柔聲安撫淚流滿面的少女，接著轉身將一條紅線遞給黑米。

「黑米，請原諒我的任性，讓我也利用你這最後一次。倘若沒有你，我無法走到這一天。我非常感激你，更為你感到高興。」

「為什麼高興？」他不明白。

「你說過有人想讓你回到原本屬於你的地方，我一聽就知道那是什麼意思，那個地方確實比死神第三部門適合你，我很高興你能回到那裡。如果對你說這句話的人，是Maya長官的話，那我相信很快就有好消息。但願你回到那個地方，能夠記得我跟青舟，過著幸福快樂的日子。」

黑米接過她的紅線後，忍不住對她說出心裡的話。

「秋鳴，妳絕不是沒有能力。妳能夠抱著這份記憶走過這六年，就證明妳比所有死神都要堅強，連我都比不上。」

她深深一笑，「謝謝你，黑米，我會祝福你，也期盼來生我們能夠再相逢。」

秋鳴帶著少女一同步向門邊，兩人的身影轉瞬消失無蹤。

黑米站在原地，看著少女的父親不久後現身，跪在床沿對長眠的孩子流下悲慟的淚水。

❋❋❋

頻頻在一閃即逝的畫面裡看見貓咪屍體的黑米，開始能看見別的東西。

一隻好端端活著，左耳缺角的黑貓，常跟一個身形瘦削的少年同時出現在他的腦海，那隻貓不是在少年的腳邊打轉，就是被少年抱在懷中，但黑米始終看不清那名少年的面孔。

黑米心浮氣躁。

他不會笨到不知道自己也正在慢慢恢復記憶。

「送走秋鳴小姐與青舟先生，黑米先生會不會寂寞？」

聽見Maya的問話，黑米望向坐在醫院頂樓邊緣，拿著二胡的男孩。

森未部長的強制命令已經解除，但Maya仍在第三部門協助他，因此黑米就算收到醫院的白單，也沒想過再跟其他死神交換。

「沒什麼好寂寞的。」

「是嗎？但之後見不到黑米先生，我應該會有些寂寞。」

「你這是在暗示我也即將離開第三部門？」黑米再也按捺不住，「你到底什麼時候才要跟我說清楚？」

「那要看您已經想起多少事。」Maya收起二胡，起身走到他的身邊，仰頭注視他，「您這段日子應該想起不少生前的事吧，請告訴我您想到了些什麼。」

Maya這句話，證實他會一直看見那些畫面，真的是因為受到Maya的影響，那果真是他的生前記憶。

黑米震撼之餘，只好將這段日子看見的種種，鉅細靡遺坦然說出。

「為什麼我只要聽到你的二胡聲，就會想起那些事？」他沉住氣問道。

Maya沒有直接給他答案，只是說：「黑米先生，我們去完成今天的最後一項任務吧，結束之後，我就告訴您。」

日落時分，黑米在安寧病房接走這天最後一名亡者的靈魂。

前往醫院大門的途中，Maya出聲說：「黑米先生有想過無法進醫院的原因嗎？」

黑米看了Maya一眼，「想過，但想不出結果。」

「您之所以進醫院就痛苦，是因為這個地方，這是您的靈體跟肉體的唯一連結，當您身在心不在，將對您的靈魂會造成很大的衝擊。黑米先生生前有個無法輕易放手的牽掛，哪怕您忘記一切，潛意識中也還在掛念。倘若您繼續與其他死神交換任務，不再進醫院，您就不必再承受這份痛苦，但這麼一來，您的靈肉便會徹底分離，到時您就真的會死。其實，森末部長與斯蒸副部長挺看重您的，認為您有媲美第二部門死神的能力，所以就算知道您必須躲開醫院的緣由，森末部長也不主動伸出援手，為的就是等您死亡，成為真正的死神，但我無法眼睜睜看您變成這樣，所以決定來到您身邊。」

黑米被他話嚇了一跳，猛然停下腳步，「你到底在說什麼？」

「醫院是您靈體與肉體的連結，而我就是讓您無法放手的牽掛。我死去時，是穆乙長官親自來接我，他告訴我，您因為我而被『困』在這裡，問我願不願意協助您離開陰間？我答應了他，接著就在他的安排下，先到森未部長的身邊，再去死神第三部門幫您，讓您跟醫院重新有了連結。如今黑米先生已經想起『我們』，我便確定是時候讓您回去了。」

Maya這時抽開肩膀，忽然觸碰不到Maya的黑米，旋即被一股撕心裂肺的劇痛吞沒，整個人俯趴在地，痛苦到五官扭曲，喘不過氣。

意識模糊之際，黑米吃力地望向俯視他的Maya，竟看見了別的景象。

兩名少年倒在翻覆的車子裡，渾身是血，奄奄一息。

當黑米和副駕駛座的少年對上了眼，無數道畫面立刻鋪天蓋地的湧進黑米的腦海，最後，黑米看見自己朝著那名少年，伸出沾滿鮮血的手。

黑米震驚不已，不敢置信道：「Maya，你是……」

少年蹲了下來，伸手輕輕撫過黑米左手腕上的紅線，那條紅線即刻消失得無影無蹤。

「黑米先生，不，李澤淳先生。」Maya深深凝視著他，「謝謝你為我做的一切，也很對不起，是我把無辜的你給牽扯進來。等你醒過來，希望你能幫我完成一個願望，替我把這句話帶給某個人。」

聽了Maya後面的話語，黑米思緒空白，無法反應。

「黑米先生，請快想起來吧。」Maya對他微笑，「您不是死神，您是——」

黑米的最後一絲意識被黑暗吞噬，像是被吸進看不見的漩渦之中。

一陣劇烈的天旋地轉過後，黑米猛然睜開眼睛。

在模糊的昏黃畫面中，他聽見自己急促粗重的喘息聲，待視線變得清明，才發現那是天花板被窗外的餘暉染上的顏色。

身體沉重不已，一根手指都無法抬起，黑米只能用眼睛觀察周遭的一切，發現擺在一旁的醫療設備，才意識到自己似乎是躺在醫院的病床上。

沒有多久，一名嘴裡含著棒棒糖，約莫七歲大的小男孩來到病床旁，瞠大雙眼看著黑米，旋即轉身跑開，對著某人大聲呼喊：「爸爸，澤淳大伯醒了，大伯他睜開眼睛了！」

黑米的眼眶沒來由一片濕潤，他呆呆望著窗外的天空及高樓。

同時腦中響起一道旋律，那音色溫柔淒美，像是二胡的聲音。

第二部

櫻日和
In full bloom

古春櫻透過被雨珠點綴的落地窗，發現夜晚的對街站著一個人。那是看起來才十幾歲的少年，卻穿著筆挺的黑色西裝，領部繫著一條金色領帶。他站在已經打烊的麵包店前，朝這裡望過來，像是正在看著她現在待的這間咖啡廳。

正好奇少年是不是在等人，古春櫻頭頂上的月亮造型吊燈，此時冷不防閃爍一下，櫃檯傳來小小的驚呼聲。

「那盞燈真的跟店長說的一樣，每天晚上都會閃一下，怎麼會這樣？」說話的是最近新來的女店員，發現古春櫻上方的吊燈出現異狀，立刻詢問較年長的女店員。

「店長找人檢查過，查不出原因。」對方一邊操作鬆餅機，一邊笑得陰森，「有人說搞不好是鬧鬼，畢竟這間店曾經發生死亡車禍啊。」

「好可怕，妳別嚇我啦！」年輕女店員嚇得花容失色。

還有客人在，怎麼就這樣大剌剌聊這種事？古春櫻默默嘀咕，放下手中的筆，將寫到一半的日記收進包包，然後跟隔壁桌的客人同時到櫃檯結帳。

走出店裡，她打開折疊傘要遮雨，發現剛才的少年已經不在對街了。

隔日晚間七點，又下起傾盆大雨，古春櫻再次來到同一間咖啡廳專心寫日記。

聽見門邊傳來清脆的鈴鐺聲，她下意識抬頭，愣了一下，認出是昨天看見的少年。

少年認真環顧已經滿座的咖啡廳，直到看見了古春櫻，便直接走過去，靦腆地向她開口：「大姊姊，店裡沒有其他空位，我可不可以和妳同桌？」

古春櫻呆了一下，頻頻點頭，「可以，請坐。」

「謝謝。」他脫下濕漉漉的西裝外套，拿起桌上的餐巾紙擦乾臉上的雨珠，主動與她攀談：「附近沒有地方可以躲雨，我只好跑進來。昨天我經過這裡，好像有看見大姊姊在這家店，妳是這裡的常客嗎？」

「是呀。」古春櫻心中驚豔，如此近距離一瞧，她才發現這名少年長得有多好看，應該很受女孩子歡迎吧。

「太好了，我是第一次來這間店，不知道這裡有什麼好吃的，大姊姊能不能幫我推薦？」

「當然可以。」古春櫻迅速列出幾項他可能會喜歡的商品，「這裡的檸檬蛋塔、巧克力鬆餅都很不錯。飲品的話，我推薦熱可可，你被雨淋濕了，建議你點一杯暖暖身。」

最後少年點了檸檬蛋塔及熱可可，嚐一口檸檬蛋塔，他讚不絕口，「這個檸檬蛋塔真好吃。」

「很高興你喜歡。」古春櫻笑容滿面，少年驚喜的反應，令她莫名有成就感。

「大姊姊在讀書嗎？我這樣貿然跟妳同桌，是不是打擾到妳了？」他的視線落在她攤開在桌上的日記本。

「沒這回事，我只是在寫日記，你不用在意。」她這才想起忘記將日記收起，連忙動手收拾。

「妳會在這裡寫日記啊？」

「是呀，我住在附近，我習慣下班後來這裡坐坐，寫點日記再回家。」見對方還是小孩，古春櫻便沒什麼戒心，順口回答。

「大姊姊是上班族？我以為妳是大學生。」

「呵呵，我大學畢業兩年了，是不折不扣的上班族喔。」聊到這裡，她也跟著反問，「那你多大？你還沒十五歲吧？」

「嗯，我十四歲。」

果然沒錯，古春櫻一邊想，一邊打量他的衣著，「其實昨天我也有在這裡看到你，只是你似乎換了領帶，昨天是金色的領帶，今天則是黑色的……我可以問你為什麼要穿西裝嗎？」

「這是我的工作服，上班時必須穿著。」

「你不是才十四歲？」古春櫻大感意外。

「對，但我也跟妳一樣在工作了。」

古春櫻無比好奇，非常想知道年紀小小的他，從事什麼樣的工作？

「如果大姊姊告訴我妳的職業，我也可以透露給妳。」

古春櫻嚇了一跳，以為自己不小心把心中的想法說了出來，尷尬地將鬢間的髮絲撥到耳後，「我……我在一間寢具公司當業務助理。你呢？」

「妳猜猜看。」

古春櫻忍不住又將少年仔細打量，不知為何總能往不尋常的方向思考，她無法將這樣的想法說出口，只得搖頭，「我猜不到。」

「大姊姊，不管妳想到什麼，我都不會生氣，妳儘管說吧。」

少年的話讓古春櫻稍稍安心下來，吞吞吐吐道：「我在想……你是不是殯葬業者？」

少年眨了眨眼，「大姊姊真厲害。」

「我猜對了嗎？」

「不，但八九不離十了，真要說的話，我算是陰間的殯葬業者吧。」

「陰間的……什麼意思？」古春櫻不明白。

「將亡者的靈魂接去陰間，就是我的工作。」

古春櫻愣了一會兒，啞然失笑，「你的工作怎麼聽起來……就像是死神那樣的呢？」

「大姊姊，妳又猜對了耶。」

少年笑容燦爛，但古春櫻卻笑不出來了。

「我知道妳會覺得我在亂說話，但我沒騙妳。我想感謝大姊姊好心跟我同桌，還讓我吃到這麼美味的檸檬蛋塔，才老實告訴妳。」

這次再對上少年的眼睛，古春櫻竟覺得手腳發冷，毛骨悚然。

「你有什麼證據，能證明你是死神嗎？」

古春櫻並不相信他，但問出這句話時，聲音還是透露出懼怕。

少年伸出手指向懸掛在她上方的一盞月亮造型吊燈。

「請大姊姊從一數到十，等妳數到十，我就讓這盞燈閃一下。」

古春櫻在半信半疑下依言照做，數到十的那一秒，那盞吊燈居然真的閃爍一下。古春櫻猛然摀住嘴，才沒讓驚叫聲從口中迸出。

「大姊姊願意相信我了嗎？」

古春櫻驚魂未定，目瞪口呆看著這笑盈盈的少年。

儘管知道這盞燈本來就會在晚上出狀況，但她沒想到燈真的會在數到十的時候閃爍，她很難相信這只是僥倖或巧合。

「大姊姊，我不會傷害妳，請妳別害怕。」

古春櫻全身發寒，極力壓下恐懼，重新迎上他的眼睛。

「如、如果你是說真的，那這盞燈每天晚上都會閃爍，難道是因為你的關係？」

「不，是別的原因，只是我也可以做到這件事。」

見古春櫻的面容蒼白僵硬，他放軟聲音：「嚇到大姊姊真是對不起，如果妳還是很害怕，我可以現在就離開。」

古春櫻穩住呼吸，一陣天人交戰後，她搖搖頭。

「沒關係，你不用離開。」

「真的？太好了。」少年面露欣喜，「如果可以，我想跟大姊姊做朋友，妳能告訴我妳的名字嗎？」

告訴死神自己的名字，會不會有什麼危險？古春櫻忍不住開始胡思亂想，最後卻不敵少年充滿期待的眼眸。

好吧，豁出去了。

「我叫古春櫻。古代的古，春天的春，櫻花的櫻。」

「妳的名字真美，讓我想到一棵在春天盛開的古老櫻花樹。」他真心地送上讚美。

這句話觸動古春櫻的心頭一角，也讓她放鬆下來，唇角勾起。

「謝謝，那你叫什麼名字？」此話一出，古春櫻就後悔了，馬上道歉，

「對不起，我不曉得死神有沒有名字。如果沒有，是我失禮了。」

「沒關係，我有名字。」少年眼角彎彎，「我的名字叫 Maya。」

✹ ✹ ✹

李澤淳坐在床沿看著擺在梳妝台上的一幀照片，不知時間過去多久。

那張照片裡有三個小男孩，在他們的身後站著一名笑容溫柔的婦人。

一陣敲門聲傳來，李澤淳的目光轉到門邊，只見門縫間有一雙古靈精怪的大眼睛眨呀眨的。

「大伯，爸爸說可以吃飯了。」男孩靦腆地對他說。

「嗯。」

小男孩一溜煙跑走後，李澤淳再瞧一眼照片中的母親，起身走出房間。

「李東玹，快把你的玩具收起來，然後去洗手。」

李奐祺將三副餐具擺好在餐桌上，揚聲吩咐兒子，發現李澤淳走近，臉上立即堆笑，「大哥，我買了便當，這家便當店的菜色豐富也很好吃。你剛出院，要多吃點營養的東西。」

這裡是李奐祺和過世的母親生活多年的家。

李澤淳整整半年臥床不起，醒來後就在醫院進行復健，期間李奐祺不斷苦勸，終於說服哥哥出院後到他家去休養。今天是李澤淳住進這裡的第一天，更是第一次踏進這裡。

餐桌上，小男孩滿嘴都是飯粒，李奐祺用衛生紙幫兒子擦嘴巴，李澤淳看著這一幕，後知後覺想起今天不是週末。

「他沒有上學嗎？」

聽到哥哥問出像是關心的話語，李奐祺有些受寵若驚，「對，東玹還在放寒假呢。」

「喔，那你不用上班？」

「我跟公司請三天假，哥你一個人住，沒人照顧你，我不放心就這麼讓你回去。」

李澤淳沉默下來。

醫生告訴他，他昏迷的這段期間狀況不樂觀，隨時都有可能離開，曾要李奐祺做好心理準備，卻沒想到李澤淳會奇蹟似地恢復意識，連醫生都大呼不可思議。

「對了，你醒來的事，我通知二哥了。他要你在這裡好好休息，還說一有時間，就會回台灣看你。」

在李澤淳的印象裡，李奐祺小時候只要說謊，就會快速猛眨眼睛，沒想到這個習慣到現在都沒有變。

「他應該是罵你不該把我接到家裡，還有絕對不要讓你兒子接近我，你用不著替他撒謊。」李澤淳撇撇嘴角。

「爸爸，你在撒謊嗎？」李東玹好奇地問父親。

李奐祺臉一紅，表情尷尬，趕緊要兒子專心吃飯，不要偷聽大人說話。

「大哥，二哥只是對你有點誤解。」

「那又如何？我不在乎他怎麼想，分開這麼久，我們早已是外人，事到如今不必勉強去關心彼此，你也一樣，就算我真的死了，也不關你的事。」

對照顧自己半年多的人說出這種話，李澤淳知道很過分，但這也是他的真心話。

原以為弟弟會發怒，結果他只是面色凝重，眼神憂傷。

「大哥，你有看到媽媽放在梳妝台上的照片吧？媽媽生前都會看著那張照片思念你，她到過世前都還對你心懷愧疚，後悔不該把你交給爸爸照顧。有了東玹後，我更能理解媽的心情，所以你不來媽媽的葬禮，我也不曾怪你。你可能會覺得我偽善，但我是真的擔心你，也想替媽媽為你做點什麼。」

李澤淳沒有回話。

他並沒有質疑李奐祺的這份心意，母親過世前幾年，他就透過姑姑取得自己的手機號碼，每年都會傳封簡訊向自己表達問候，可是，李澤淳一次都沒回應。

若是受母親的託付行事，母親去世後，他大可不必繼續這麼做，甚至還主動接手照顧因意外而昏迷不醒的自己。

感受到父親的低落，小男孩以為他們吵架了，眼裡有著不安。

「你老婆呢？」李澤淳直接換話題。

「喔，她在上海上班，她的工作很忙碌，平常不容易回來。」

然而，李奐祺立刻連眨幾下的眼皮，再次洩漏他的謊言，李澤淳猜到內情必然不單純。

但對上小男孩純真的眼睛，這次李澤淳遲疑了下，默默打消當場揭穿弟弟的念頭。他為此感到有些意外，自己幾時開始會替別人著想了？

李奐祺小李澤淳四歲，今年三十歲，他在二十三歲那年奉子成婚，有邀請李澤淳去喝喜酒，但李澤淳沒有出席，也不曾見過他這個侄子。如今見到面，李東玹已經是一年級的小學生了。

「你不是也要上班？怎麼照顧孩子？」

「我請東玹的外婆幫忙照顧，她住得不遠，也很樂意幫忙。我每天早上都送東玹過去，晚上再接他回來。」李奐祺苦笑。

李澤淳看著眼前沒吃幾口的便當，不久放下筷子。

「我是在哪裡出車禍的？」

李奐祺與主治醫生都說他出了嚴重車禍，才會陷入昏迷，但他對自己出事的經過毫無印象，當下也沒有追問詳情。

「就在你家隔壁巷口的咖啡廳，警方從你的手機裡找到我的電話，跟我聯繫上，我才知道你出事。那天晚上有一台車高速失控朝那間店衝撞進去，你人就在店裡，結果遭到波及。」李奐祺說明。

李澤淳很快想到弟弟說的那間咖啡廳。

他住在那區多年，從未進去消費，聽到這番話，他還以為弟弟搞錯了。

「我怎麼會在那間店裡？」

「你不記得了？」李奐祺瞠目，「警方救出你時，你就在結帳櫃檯的位置，醫護人員說你被送到醫院時，手裡始終緊緊抓著一個提袋，即使失去意識也不肯放手，提袋裡有一些你的私人物品，還有那間店專用的點心盒。醫院的人把你的提袋交給我時，我有打開檢查，那個盒裡裝的是一片已經四分五裂的檸檬蛋塔，你那天難道不是為了買點心，才到那裡去的嗎？」

買檸檬蛋塔？他嗎？李澤淳一時傻住。

他根本不吃甜食，怎麼可能會為了吃這種東西跑去那間店？

「哥，醫生說你車禍後可能會留下一些後遺症，如果你沒有這部分的記憶，要不要回醫院檢查？」李奐祺憂心忡忡。

「看情況再說，也許過一段時間就會想起來。」他故作鎮定的說。

「好吧，那你身體還有沒有哪裡不對勁？」

被這麼一問，李澤淳自然又想起自己身上的另一個不尋常之處。

自他恢復意識，每天都會出現幻聽，無論是現實還是夢境裡，他時不時會聽見用二胡拉奏的一首樂曲。

他不知道腦袋裡為何會反覆出現這個聲音，更不知道那是什麼曲子，總覺得這曲子似乎藏有什麼祕密，令他莫名焦躁。

「沒有。」就怕弟弟又大驚小怪，李澤淳當下沒說出口，只能猜想這也是車禍留下的後遺症，之後會慢慢好轉。

吃完午飯，李澤淳到附近超商去買菸，抽完菸散個步回來，發現客廳裡只有小男孩在，他坐在一架電子琴前彈琴。

「大伯，爸爸說快下雨了，他去收晾在頂樓的衣服。」不等李澤淳問，李東玹就自動報告。

李澤淳看著男孩，決定探問：「你媽媽有沒有說何時回來？」

「媽媽不會回來。」

「為什麼？」

「外婆說的，媽媽已經在上海跟別人結婚，我有聽到外婆叫爸爸不要再等媽媽了。」

得知真相後，李澤淳竟不怎麼意外，也感覺不出男孩有一絲絲難過。

「那你爸怎麼跟你說？」

「爸爸說這是誤會，他說媽媽會回家，但外婆不會說謊，我也覺得媽媽不會回來了。」

李澤淳默默走到男孩身邊，電子琴旁擺著幾本琴譜。

「你爸讓你學電子琴？」

「對，大伯會彈嗎？」

「不會。」

「爸爸也不會。我說我同學會彈電子琴，爸爸問我想不想學，我說想，他就讓我去學了，還買這架電子琴給我。老師誇我學得很快，有音樂天分。」李東玹興高采烈的炫耀一番。

李澤淳隨他的話想起一段遙遠的回憶。李奐祺小學時，曾經為了學校的音樂課測驗，唱歌給大家聽，卻因五音不全被同學跟老師當眾取笑，放學後他一路哭著回家，傷心了好幾天。

「大伯，為什麼二伯叫爸爸不要讓我接近你？」

李澤淳看了男孩一眼，原來這小子有把他與自己父親在餐桌上的對話認真聽進去。

「因為你二伯覺得我是危險的壞人，可能會對你做出不好的事，才這麼警告你爸爸。」

「不好的事是什麼？」

「就是故意傷害你，讓你受傷。」

「大伯為什麼要讓我受傷？大伯討厭我嗎？」

李澤淳停頓一下，「沒有。」

「爸爸也說大伯沒有討厭我，大伯只是不喜歡跟別人接觸。爸爸有說大伯是好人，小時候爸爸被欺負，都是大伯出來保護他的。」

沒想到李奐祺會跟兒子說這種事。

李澤淳的母親帶著兩個弟弟離開家前，李奐祺是他的跟屁蟲，李奐祺自幼膽小愛哭，動不動就被欺負，十分需要哥哥的庇護，每次有狀況發生，他第一個求救的對象通常不是母親，而是李澤淳。

如今在李澤淳眼中，李奐祺就跟小時候一樣軟弱，卻也跟小時候一樣不變的善良。

這時李奐祺收好衣服回來，發現李澤淳回家後不是繼續把自己關在房間，而是站在兒子身邊聽他彈琴，眼中流露出驚喜。

「哥，我有給東玹學電子琴。」

「你兒子跟我說了，看得出他在音樂方面的天賦比你高。」

「呵呵，這是真的。哥，東玹他很厲害，他的老師說，東玹不管聽到什麼歌，就能立刻準確無誤地彈出來。東玹，你快問問大伯他喜歡什麼歌，你來彈給他聽，爸爸去房間摺衣服。」

被父親大力稱讚後，讓男孩頗為得意，真的問他：「大伯，你喜歡什麼歌？」

「我沒什麼喜歡的……」李澤淳一頓，心中出現一個念頭，「我有聽過一首曲子，但不知道叫什麼名字，也不確定是不是真的有那首曲子？」

「那我幫大伯把那首歌彈出來，然後用爸爸的手機錄音，拿給我的老師聽，讓老師幫我找這是什麼歌！」

原來還有這種辦法，李澤淳為男孩的聰穎感到吃驚，更被他的提議打動。如果真的能查出來，說不定他就能知道為何會一直聽見那首二胡樂曲。

趁弟弟不在，李澤淳清清喉嚨，生澀笨拙地哼出一段給男孩聽，哼出來的旋律卻七零八落、雜亂無比，他這才發現要將腦中的音樂清楚地唱出來，竟是這麼困難的事。

李東玹顯然很高興能親近大伯，因此相當有耐心地幫助他。知道李澤淳不想在弟弟面前唱歌，還貼心地故意支開父親，整天跟李澤淳關在房間，用電子琴幫他拼湊出那段記憶。

閉關整整三天，李東玹已經能用單手流暢彈完整首曲，李澤淳從頭到尾聽過一回，男孩彈出的音樂跟他腦中的旋律幾乎吻合，心中不得不佩服。

李東玹用父親的手機將音樂錄起來，再請父親傳給他的老師，知道這是哥哥的委託，以及他想找這首曲的原因，李奐祺二話不說答應幫忙。

李奐祺回公司上班的那天，準備將兒子送去外婆家，李東玹卻用可憐兮兮的表情盯著李澤淳，明顯就是不想去。

他告訴弟弟：「我來看著東玹吧。」

「咦？真的嗎？」李奐祺大吃一驚。

「騙你幹麼？反正我沒去哪裡。如果你不放心把他交給我的話，那就算了。」

「不不不，當然沒有。我馬上打電話給他外婆！」

李奐祺一通完電話，李澤淳便以抽菸為由，跟著李奐祺到樓下門口。

「你真的願意把東玹交給我顧嗎？」他問弟弟。

「當然，哥你願意幫我，我感激都來不及了。」

「你不怕我傷害東玹？」

「不怕，若你真的是二哥說的那種人，早就被警察抓了吧。」李奐祺半開玩笑，眼神卻很堅定，「大哥，你不是爸，所以你不會變成他。這幾天看到你跟東玹的互動，我更確定二哥對你的成見是錯的。謝謝你，哥。」

真正該說謝謝的應該是他，但李澤淳無法坦率將這兩個字說出口。

「你別那麼天真，還是要有點防備之心。」

無法直視弟弟眼底的笑意，李澤淳不甚高明的別開目光，「還有，你老婆的事，你可以坦然告訴你兒子，你那種無意義的謊言，對他毫無幫助。」

「東玹告訴你的？」李奐祺面色尷尬，微微垂首，「我怕他傷心，才不敢說出我跟他媽媽已經離婚的事實，想等他大一點再告訴他。」

「沒這個必要，別以為小孩子什麼都不懂，東玹比你想得還要聰明，你這種一廂情願的想法才會傷害到他。你既然能相信我，為什麼不能相信你兒子？」

發現弟弟又呆呆盯著他，他皺眉，「幹麼？」

「沒什麼，哥教訓的是，我會聽你的。」李奐祺換上原先的笑臉，「那我走了，東玹就拜託哥照顧了。」

回屋子的途中，李澤淳才漸漸明白弟弟為什麼那樣看他。

若是以前，看到自己對弟弟這樣義正嚴詞地說教，他鐵定會懷疑自己吃錯了藥。然而實際上，從他答應弟弟來到這裡，就確定自己不太對勁，卻也不明白心境上為何會有這些轉變。

一場車禍，讓他變得不認識自己。

在弟弟家生活的第七天，李澤淳接到一位陌生男子的電話，對方自稱是李東玹的電子琴老師，原來是李奐祺把李澤淳的手機號碼給他，讓他直接跟李澤淳聯絡。

「李先生跟我說了您的情況，他說您聽到的是用二胡演奏的樂曲，所以我直接請一位認識的二胡老師幫忙，看看能否有什麼發現，那位老師今天聯絡我，她找到了東玹彈的那首樂曲。」

得知那首樂曲並非虛構，也知曉了其名字跟出處，李澤淳結束通話後，就呆站在陽台動也不動，不久李東玹跑來看看他是否已經抽完了菸，發現他正在凝神聽著手機裡播放的二胡樂曲。

「大伯，你怎麼了？你在哭嗎？」

李澤淳抬起頭，用濕潤的眼睛望著侄子。

無時無刻伴隨他的那首樂曲，叫做〈Maya〉。

一聽到這個名字，那段被遺忘掉的記憶立刻如潮水湧上，李澤淳沉浸在這段猶如夢境的回憶裡，久久無法回神。

『黑米先生，請快想起來吧。』

『您不是死神，您是人類，還活著的人類。』

他全想起來了。

包括那名少年為何無論如何都要他記住這首曲子，他也都知道了。

那日李奐祺下班回家，李澤淳告訴他，明天就要返回原來的住處。

「怎麼了嗎？」李奐祺察覺到他的急迫。

「我有些事要做。」他言簡意賅，注意到小男孩的依依不捨，靈光一閃，「如果你不介意把東玹交給我，讓他去我那裡待幾天吧。」

「可以嗎？」李奐祺吃驚。

「我在你這裡白吃白住這麼久，幫這點忙也沒什麼，明天你就放心去出差，我來顧他。」他搬出冠冕堂皇的理由。

「爸爸，我要去大伯家玩！」小男孩欣喜若狂，拚命拜託父親同意。

「既然哥你這麼說，那當然沒問題。」似是還未習慣李澤淳的反常，李奐祺再確認，「哥，你真的沒事嗎？」

「沒事，你別瞎操心了。我還有一件事要問你，我發生的那場車禍，是不是有人死亡？」

「對，有兩個。」

「兩個？」

「沒錯，一個是當時就在那輛車上的少年，他在醫院撐了一個月，還是回天乏術，他的名字叫劉澈，才十四歲，真可憐。」他口氣帶著憐憫。

劉澈。

「那另一個人是誰？難道是跟他同車的人？」李澤淳壓抑心中激動，故作鎮定問。

「不，是那間咖啡廳的客人，我忘記她的名字，你等等。」

李奐祺拿出手機搜尋，一會兒後將螢幕轉向他，「找到了，這篇報導有刊出她的照片跟名字，她二十四歲，是當場死亡。」

李澤淳接過手機，仔細端詳照片上笑容恬靜的女子。

死者名字叫古春櫻。

✹ ✹ ✹

遇見名叫Maya的少年死神後，古春櫻每晚都會跟他在那間咖啡廳見面，聽他說著死神界的事。

死神界有三個部門，目前第三部門的主管不在，由Maya擔任臨時主管，透過他的說明，她明白了死神第三部門與其他部門的不同之處。

她沒想到Maya竟然曾是人類，見他如此年輕就死去，古春櫻不由得為他心痛。

「你也失去大部分的生前記憶嗎？」

「我沒有失去記憶，我生前的名字、經歷，以及認識的人，我全都記得。除了擁有生前記憶的死神，第三部門也有得以重返陽間，變回人類的死神。死神第三部門裡有各式各樣的死神，也能見證各種不可思議的事，這就是我們長官決定成立第三部門的動機。」

居然會有重新變回人類的死神，古春櫻微微張開嘴巴。

「那死神變回人類後，會記得死神第三部門的事嗎？」

「基本上不會，除非製造一個喚醒記憶的開關。只要關鍵記憶被開啟，那個人就會想起來；而不小心失去記憶，只能流連在陽間的亡靈也一樣，倘若將他的開關打開，亡靈就能離開了。」他侃侃而談。

「為什麼會有亡靈失去記憶呢？」

「有些具有強烈執念，但還沒有變成惡靈的亡靈，會選擇忘記最關鍵的記憶，因此他們不知道自己其實已經死去，依舊過著跟生前一樣的生活。像是去公司上班，到學校上課，或是徘徊在生前常去的老地方。」Maya不疾不徐地回答。

被這段話怔住的古春櫻，感覺身體忽然湧上一絲寒意，令她不自覺拿起桌上的熱咖啡連喝幾口。

「那個……Maya。」她抿了抿唇，有些坐立難安，「其實我有個問題，一直很想要問你，希望你聽了不會覺得我很奇怪。」

「當然不會，妳請說。」

「死神只能帶走出現在死亡名單裡的人嗎？」

Maya停一下才回答：「春櫻姊姊的意思是，死神能否用自我意志殺死任何人嗎？」

「差、差不多就是這個意思。」

「死神只能帶走已經死去的人類，不能動手殺人。死神殺害人類是大忌，會直接被死神部長消滅，連投胎轉世的機會都沒有。」Maya歪頭問：「春櫻姊姊希望誰死掉嗎？」

她嚇了一跳，心虛搖頭，「不是這個意思，我只是……」

少年無所謂地笑了，「沒關係，人類本來就會憎恨著人類，也會有希望對方永遠消失的心情，這沒有什麼。春櫻姊姊希望我為妳帶走某人嗎？」

古春櫻被他問得僵住了。

雖然她確實有這樣的對象，而且巴不得對方可以立刻下地獄，但少年現在的眼神，竟讓她感覺自己若點頭，Maya就真的會為她去做。

要是Maya因為她而被消滅，就永遠失去投胎的機會，她會愧疚一輩子。

「Maya，我真的只是好奇而已，你不要當真。」

古春櫻硬生生跳回前面的話題，「對了，剛才你說讓失去記憶的亡靈想起一切的開關，要怎麼打開呢？」

「很簡單，讓對方看到或聽到某個關鍵的詞句，就能重啟記憶，就像是密碼一樣。」

少年說完，一名女店員拿著水壺走過來，為兩人補充玻璃杯裡的水，還對古春櫻笑了一下。

看到Maya對女店員說謝謝，古春櫻在女店員離開後，又小聲問他：「你們接收靈魂時，需要在人類面前隱身，那你現在是怎麼做到在人前現身的呢？這樣不危險嗎？倘若你意外見到生前認識的人，該怎麼辦？」

Maya稍微拉起左邊的袖子，露出繫在手腕上的漂亮紅線，上頭有一個小小的結。

「在人前現身，我只要將這個結綁在手腕的正面就行了；隱身的話，就把結轉到手腕背面。這條紅線只有第三部門的死神才有，若沒有它，我們就不能留在死神界；而就算遇到生前認識的人也不必擔心，現在春櫻姊姊看到的我，跟其他人眼中看到的我，是不同的模樣，所有遇到我的人類，到了明天，也不會記得前一日有見過我。」

那她怎麼會記得他呢？古春櫻心中愕然，但沒有問出口。

「我還可以只讓春櫻姊姊一個人見到我，妳想知道怎麼做嗎？」見她點頭，Maya回答：「當我用綁著紅線的這雙手碰觸妳，就只有妳可以見得到我了。」

「真不可思議。」

「是呀。」Maya燦笑，環顧起店內，「話說回來，這間店每天都滿座。春櫻姊姊卻每次都能搶到同一張座位，這很不容易，妳都有先訂位嗎？」

「沒有，我每次進店裡，這張座位都剛好沒人……」

「哇，那春櫻姊姊運氣真的很好。」

「就是啊。」古春櫻微笑，又低頭啜飲咖啡，心中的不安感越來越深，很想要就此結束這個話題。

「你今天的工作都結束了嗎？」

「結束啦，現在每天下班來這裡跟春櫻姊姊聊天，吃我喜歡的檸檬蛋塔，是我最期待的事。」

古春櫻心頭一暖，自從遇到Maya，她也感覺晚上的時間變得充實了。

不同於最初的不安，現在她每天都期待見到這個少年死神。

從前她總是帶著鬱鬱寡歡的心情踏進這裡，如今只要Maya帶著燦爛的笑容出現，喚她一聲「春櫻姊姊」，她就能忘卻心中的煩憂，沉浸在與少年相處的快樂時光。

只是說也奇怪，跟Maya見面的次數越頻繁，她就越是有種不是第一次見到對方的感覺，這樣的心情一次比一次強烈。彷彿很久以前，她就已經見過Maya了，就像現在這樣和他面對面地談笑。

此時看到Maya吃光盤子裡的檸檬蛋塔，用舌尖輕舔指尖上的糖粉，那股熟悉感又出現了。

怕Maya會感到疑惑，古春櫻刻意用輕鬆的口吻，狀似無意地回答他：「我也很期待每天跟你見面，跟你在一起真的很開心，有種我們其實認識好久的感覺。」

「沒錯哦，春櫻姊姊。」

「什麼？」她沒反應過來。

「我成為死神前，就已經見過春櫻姊姊，我們常在這裡一起吃點心，只是妳不記得了。」

古春櫻以為他在開玩笑，「這怎麼可能？」

「是真的，我們的初次相遇，就跟這次重逢一樣，妳見到我被雨淋得濕透，同意讓我與妳同桌，還推薦我吃這裡的檸檬蛋塔跟熱可可。我們變成朋友，往後常在這間店見面。我在這裡把我心裡最大的煩惱告訴了妳，妳也在這裡將妳最大的煩惱跟我說，就是妳心裡希望能殺掉的那個人。我們都知道彼此的祕密。」

少年清澈明亮的瞳眸，讓古春櫻的思緒一度停滯。

她上方的月亮吊燈，此時重重閃了一下。

「妳察覺到我們不是第一次見面，這就表示妳快想起來了，我很高興。」Maya話聲輕柔。

「等、等等！」

古春櫻驚慌失措，再也壓不住聲音的顫抖，「倘若你說的是真的，我怎麼會不記得？我又怎麼會把我最大的煩惱告訴你？那些事我從沒有對任何人說，也不可能會告訴別人。」

「妳確實告訴了我。我們相識的經過，包括我們對彼此傾吐的祕密，我都記得清清楚楚，雖然妳不記得，但妳都有寫在妳的日記本裡。」

儘管少年的話十分荒謬，古春櫻仍馬上打開身旁的包包，準備拿出自己的日記本。

奇怪的是，剛才她就坐在這裡寫日記，Maya出現後，她便把日記收進包包裡，現在卻怎樣都找不到那本日記，彷彿憑空消失了。

「春櫻姊姊，在妳意識到自己可能已經死去的時候，那本日記就不會再回到妳的身邊，所以妳找不到了。」

古春櫻猛地停下手，不敢直視少年的臉。

她不得不面對那個可能，可她不敢。

然而除了面對，她沒有別的選擇。

她瑟瑟發抖，眼圈發紅，「難道說，你其實是來接我的嗎？我……真的死了嗎？」

「是的，半年前，妳在這裡被一台衝進來的車子撞到，不幸過世。」

古春櫻喘不過氣，淚水奪眶而出，忍不住摀嘴哭出來。

店員和其他客人從她面前走過，卻沒有一個人察覺到她的失態，彷彿她是真的不存在於這裡。

「怎麼會？如果我真的死了，剛才的店員，怎麼還可以過來幫我們倒水？她明明有看到我。」她依舊不肯相信這殘酷的事實。

「因為妳現在所看到的一切，是妳自己製造出來的幻影，實際上，這間店今日沒有營業。」

Maya說完，兩人的四周驟然漆黑，像是停電一樣。而本來客滿的咖啡店，也瞬間空無一人。

前一秒還坐著的古春櫻，下一秒就發現自己站在一顆裝飾樹前，過去她常坐的那張座位，已經消失不見了。

「春櫻姊姊死去的那天，沒有死神來接妳，是因為妳的名字並沒有在死神的名單裡。也就是說，妳本來不會死，只是被我連累了。妳雖然不記得我，卻又沒忘記我，不管是死去前還是現在，妳都在等我出現，所以妳的靈魂才會繼續徘徊在此，哪裡都去不了。」

少年眼中流下的晶瑩淚水，在幽暗中格外閃亮。

古春櫻看著流淚的他，胸口微微抽痛，更湧起無限憐惜。

這樣的不捨心情，她竟也覺得似曾相識。

「Maya……你究竟是誰？你能不能告訴我，你生前的名字是什麼？」

少年輕輕頷首，牽起古春櫻的手，開口時，聲音隱含一絲哽咽。

「春櫻姊姊，我是劉澈。」

李澤淳從網路上找到偶像歌手王耀明在兩年前自縊輕生的新聞，也查到當年因為王耀明而自殺未遂的那名女孩，名字叫做沈青青，現在應該是高三生了。

秋鳴與秋妘，青舟與青青。李澤淳知道這絕不是巧合，死神第三部門的主管，為死神命名的方式果然有其用意。

從論壇網站上得知少女當年就讀的高中，李奐祺表示他經理的女兒也是讀這所學校，於是李澤淳再次請弟弟幫忙，打聽到沈青青現在仍在那間學校，最後也從沈青青的同學裡，成功打聽到她現在的地址。

李奐祺問哥哥為何想要找這名少女，李澤淳硬著頭皮編出聽上去不是太奇怪的理由搪塞過去，無法告訴他實話。

當李澤淳來到沈青青的家門前，是她的哥哥前來應門，李澤淳簡單向對方說明來意，男子先是用銳利的眼光打量著他，看到他手邊牽著的李東玹，才稍稍放下戒心，幫他去叫妹妹。

李澤淳鬆了口氣，心想帶著男孩果然是正確的，倘若他獨自來訪，對方必然會覺得他可疑，不讓他跟少女見面。

沈青青出現後，也是看到了小男孩，才對李澤淳沒那麼戒備，卻還是跟他保持著安全的距離。

當李澤淳表示自己是王耀明的朋友，今天專程來替他向她道歉，少女臉色一變，眼神充滿懷疑。

「他很後悔那樣傷害妳，心中對妳充滿愧疚。只可惜他還來不及親口對妳道歉，人就走了。如果可以，希望妳能願意原諒他。」

少女呆愣許久，表情極其複雜，半信半疑問：「這真的是他親口說的？」

「是真的，他有告訴我，妳在他還未出道時就是他的歌迷，還說妳最喜歡的，是他在網路上發表的第一首歌，他始終記得妳對他的支持，是他一時糊塗，才犯下那樣的錯。他過世前，跟我說過他很後悔那樣傷害妳，也很遺憾不能親口向妳道歉。我決定完成他的遺願，因此想辦法找到沈同學妳，把他的遺言轉告給妳。」為了讓這段話聽起來合理，李澤淳稍微變更了事實。

沈青青的眼眶很快濕成一片，她咬緊下唇，看上去相當激動。

「是我……害他自殺的嗎？」她話音哽咽。

「不是，他是因為朋友將他二度酒後失言的影片放到網路上，讓他被網友群起攻訐，雙重打擊之下才會想不開，不是妳的關係。」

少女忍不住在他的眼前潸然淚下，久久無法停止哭泣。

離開少女的家時，他聽見沈青青對他說了句謝謝。

之後李澤淳到花店買一束花，坐車前往一座美麗寧靜的墓園。

他憑藉著記憶來到秋妘的家，從女孩父親口中知曉秋鳴的本名叫簡由慧，然後再找上秋鳴的家人，順利問出她長眠的位置。

李澤淳將花束擺放在簡由慧的墓碑前，照片中的她，笑得如他記憶中一樣溫柔可親。

「大伯，這個人是誰？」李東玹歪頭問他。

「是大伯的朋友。」

李澤淳低應，繼續看著秋鳴的照片，直到耳邊出現一記咕嚕聲，視線才又轉回男孩身上。

「去吃中飯吧，你想吃什麼？」

「大伯想吃什麼，我就跟著吃什麼。」男孩摸摸飢腸轆轆的肚子，笑得害羞。

李澤淳立刻想到某個地方，半小時之後，他帶著李東玹踏入一間熟悉的海鮮餐廳。

老闆笑盈盈地上前招呼他：「歡迎光臨，第一次來嗎？請坐請坐！」

變回人類後，這是李澤淳第一次踏進跟秋鳴與青舟聚會無數次的這個地方，餐廳老闆理當不記得他，沒有人類會記得死神超過一天。

李澤淳嫻熟地點了幾樣三人過去愛吃的菜餚，桌上的手機這時響起，他看一眼，點開視訊通話，直接把手機交給在喝果汁的男孩。

「東玹，你人在哪？大伯呢？」

發現男孩的周遭嘈雜，人在外頭洽公的李奐祺好奇問。

「我在海鮮餐廳，大伯帶我來吃飯。」李東玹很興奮，「爸爸，這裡好大，人也好多，我喜歡在這裡吃飯。」

「真的嗎？那太好了。東玹，你把手機給大伯，爸爸想跟他說話。」手機一回到李澤淳手中，李奐祺笑著說：「哥，東玹沒給你添麻煩吧？」

「沒有。」

「那就好，我沒想到你會帶他去海鮮餐廳，那孩子最喜歡熱鬧了。等我出差回來也帶我去吧，我想跟大哥喝一杯。」他滿是羨慕。

最後這一句，讓李澤淳又想起了青舟，他眼角輕輕抽動，低聲應下，

「嗯。」

吃完豐盛的午餐，兩人在街上閒逛一下，差不多消化後，李澤淳又對男孩提議：「想不想吃點心？」

李東玹開心大喊：「想，我要吃！」

李澤淳直接帶著男孩去到了那間咖啡廳。

適逢下午茶時間，店裡座無虛席，幸運的是他們一進去，就有一桌客人起身離開，李東玹迫不及待跑過去占位子。

李東玹點一份巧克力鬆餅，李澤淳則點一杯黑咖啡跟一份檸檬蛋塔。

他沒有吃那個蛋塔，只是看著它，專注思考弟弟先前說過的話。

那天李奐祺給他看古春櫻的照片後，馬上又說出一項更驚人的消息。

當時與劉澈同車的另一名少年，是年長他三歲的哥哥劉衍，兩人就住在離李澤淳家約莫二十分鐘步程的一棟老公寓。

事發當晚，住在五樓的劉衍，先到二樓偷走鄰居家的汽車鑰匙，再載著弟弟離家，根據監視器拍到的影像及目擊者的說詞，劉衍的行車速度飛快，但不像是因為煞車不及，才不小心釀下大禍，反而像是故意瞄準咖啡店衝撞進去。

警方到這對兄弟的家搜查時，驚見屋內有一具女高中生的屍體。

這名十八歲少女是劉衍的女朋友，名叫翁慶甯。

警方最後證實，劉衍當天先在家裡用水果刀刺殺女友，再將弟弟帶出去殺害。

劉衍傷勢嚴重，但順利撿回一命，由於他還未成年，痊癒之後就交由少年法庭。這起駭人聽聞的兇殺案引發全國關注，劉澈在醫院昏迷不醒的那一個月，許多人都在為他祈禱，最終卻還是不治身亡。

劉澈長年與哥哥相依為命，家裡沒有母親，父親為了躲避債主，幾年前就不知去向，只有叔叔偶爾會來關心兩人。警方另外查到，劉父過去經常對兩個孩子施暴，多次遭鄰居通報，劉父落跑後，兄弟倆才得到寧靜的日子。

鄰居一致表示，劉衍許是受到父親影響，性情較為冷漠，防禦心也特別重，卻是疼愛弟弟的好哥哥，兄弟倆感情極好，因此怎樣也想不到劉衍竟會對唯一的弟弟痛下殺手。

半年過去，依舊沒人知道劉衍為何要狠心殺害弟弟跟女友，網友從瘋狂揣測，如今也漸漸淡忘掉這件事。

當李澤淳也從網路上找到劉衍的照片，沒有多久就認出對方。

在他的「生前記憶」中，那個獨自坐在大樓樓梯間，身上帶著皮肉傷，手裡抱著黑色二胡的少年，竟然就是劉衍。

『如今黑米先生已經想起我們，我便確定是時候讓您回去了。』

反芻Maya這句話無數回，李澤淳幾乎肯定，當時他說的「我們」，指的就是他與哥哥劉衍。

那一刻，李澤淳才驚覺，原來很久以前他就已經見過劉澈的哥哥了。

「大伯，你不吃嗎？」

吃完巧克力鬆餅的李東玹，貪婪盯著他的檸檬蛋塔。

「你簡直跟你爸小時候一樣貪吃，小心變胖。」

他撇撇嘴，把檸檬蛋塔推到男孩面前，然後轉頭望向櫃檯，起身走過去告訴店員，想見見他們的店長。

一名容貌斯文的中年男子不久來到他的身邊，表示他就是店長，李澤淳說出自己的身分，店長一臉吃驚，喜悅之情溢於言表。

「我一直很擔心李先生你的情況，你能平安醒來真是太好了，今天請務必讓我招待你們。我聽我家店員說，你有事想向我打聽，請問是什麼事？」

「我聽說有位叫古春櫻的女子，因為這場車禍而過世。」

店長頓了一下，點點頭，「是啊，古小姐是我們店裡的常客。她跟這起車禍的另一名死者，就是叫劉澈的孩子，兩人還是朋友……李先生知道劉澈的事嗎？」

「我知道。」他敏銳地挑起眉頭，「你說古春櫻跟劉澈是朋友？」

「對，他們是在我們這間店認識的，兩人雖然相差十歲，但很聊得來，經常會在這裡見面。之前我太太顧外場，因此跟古小姐很熟，也很疼劉澈，他們雙雙發生不幸，讓我太太受到很大打擊，到現在還是很難過。」

提起少年，店長忍不住說了許多：「劉澈很喜歡我們店裡製作的甜點，尤其是檸檬蛋塔。我還記得出事前一天，他的哥哥也來這裡一口氣買下十片檸檬蛋塔，讓我印象很深刻，我問他是不是要買給別人吃？結果他說是要給弟弟的。後來透過警方提供的照片，我才知道那個少年原來就是劉澈的哥哥。我到現在還是百思不解，前一天他還神色愉快的來買點心給弟弟吃，為什麼隔天就……唉。」

李澤淳沒聽弟弟提起這個內幕，也沒在網路新聞上讀到，不知道是警方沒透露給媒體，還是他漏看了。

「劉澈的哥哥過去也常來這裡嗎？」

「不，那天我是第一次見到他，我太太跟當時的店員，也說對他沒印象。我想是劉澈有跟他說，他喜歡我們這裡的檸檬蛋塔，那天才會為了弟弟特地光顧這裡。」

言及此，店長又嘆氣，「車禍之後，我們這裡也不得安寧。古小姐過去經常坐的座位，上頭的吊燈不知為何會在每晚七點到八點之間閃爍一下，我查不出原因，把燈換掉也沒用，有人就在網路上造謠這裡鬧鬼，害得我們生意一落千丈，後來我跟太太決定把那張座位撤掉，改放裝飾樹。雖然燈的情況沒改善，但日子一久，客人也逐漸不當一回事，幾乎都回流了。」

李澤淳順著店長指示的方向往一片落地窗望去，確實看見一顆漂亮絢麗的人造樹，直立擺在兩張餐桌之間，樹葉上掛著各式各樣的飾品，跟這間店的風格很是相稱。

店長說的吊燈就懸掛在樹的正上方。

李澤淳盯著那個月亮造型的吊燈一會兒，開口問店長：「晚上七點到八點，是古小姐過去會留在這裡的時間嗎？」

「對，所以很多人說是古小姐的鬼魂在這裡，我實在很無奈。」

「你們沒想過乾脆不放吊燈嗎？」

「有，雖然這個燈已經不會影響生意，但我跟太太還是決定在這個月拿掉，改放吊盆植物。」

「可以再等等，這個吊燈應該很快就不會再出現異狀。」

「為什麼？」店長面露好奇。

李澤淳不知道怎麼解釋，只得含糊回：「我有這種感覺。」

店長笑起來，「怎麼聽了李先生的話，我就感覺真是這樣呢？好吧，那我觀察到下個月看看。如果可以，我也不想把燈拿下，我太太很喜歡那個月亮吊燈呢。」

也許是身為「前死神」的直覺，聽了店長的敘述，李澤淳相信那番謠言屬實，古春櫻的靈魂確實留在這裡。

如果她不是從死神手中脫逃，就是根本沒有死神接到她的單子，才能一直待在這裡。若是前者，只要她還沒變成惡靈，第二部門的死神就不會馬上將她抓回，但從這間店頻頻發生的靈異事件來看，古春櫻顯然已經有變成惡靈的跡象，卻還沒有死神將她帶走，李澤淳覺得不合理，因此認為答案極可能是後者。

他相信Maya不會對古春櫻坐視不管，倘若Maya認為古春櫻也是因他而死，那他必然不會讓古春櫻的魂魄繼續流連於此，更不會讓她徹底變成惡靈。就像他出面幫助自己重返陽世一樣，他最終也會協助古春櫻去到她該去的地方。

只是李澤淳不明白，為何Maya始終沒有對他透露古春櫻的事？難道是希望他能自己去查明真相？

他越想越覺得有這個可能。

李澤淳看著店長，「劉澈的親人，真的就只有他的叔叔跟哥哥嗎？」

「這個嘛……若不包含他下落不明的父親，據我所知是這樣沒錯，我也沒聽劉澈說過他還有其他親人。李先生為什麼這麼問？」

「沒什麼，我只是好奇。那你認識古春櫻的親人嗎？」

「不認識，我只知道古小姐是一個人住，父母在屏東老家，其他就不清楚了。但她過世後，她的朋友偶爾會來這裡買些古小姐生前喜歡的甜點。」

李澤淳豎起耳朵，「哪一位朋友？」

「一名姓柳的小姐，她跟古小姐是大學同學。」

會為了古春櫻持續來買點心，表示兩人的交情應該相當好，李澤淳旋即說：「你有柳小姐的聯絡方式嗎？如果可以，我想到古小姐的墓前送束花。」

「李先生真是有心，可惜我沒有柳小姐的聯絡方式，不然你留下手機號碼，如果柳小姐來了，我馬上通知你。」店長熱心地說。

跟店長道別，離開咖啡店後，李澤淳稍微繞一段路，來到劉澈生前的住家門口。

看著公寓一會兒，李澤淳牽著李東玹緩步離開，回家途中經過一座親子公園，發現公園裡的幾棵櫻花樹已經開了，李東玹迫不及待跑進去玩，李澤淳隨後跟上，仰頭望著那些繽紛美麗的粉色花朵，一時無法移開目光。

沒有多久，一個小黑影從樹叢裡跳出來，對他們喵喵叫。

「是黑貓！」李東玹驚喜道。

李澤淳怔住了。

那隻左耳缺角的黑貓，直接來到李澤淳的腳邊，身體貼著他的腿磨蹭，對他撒嬌。

「哇，這隻貓喜歡大伯，好像認識你一樣！」

李澤淳喉嚨乾澀，心裡百感交集。

沒想到這隻貓還在這座公園活動，甚至還記得他。

「大伯，你看過這隻貓嗎？」

「以前我跟別人來過這裡餵牠。」

「真的？那牠有名字嗎？」

「有，叫黑黑，照顧牠的人幫牠取的。」他艱澀地說。

「那個幫黑黑取名的人，沒有要養黑黑嗎？」

「那個人已經搬家，去很遠的地方了。」

說不出對方已經過世，李澤淳只好這麼回。

「那大伯來養黑黑？」

「不行。」

「為什麼不行？」他很失望。

李澤淳這次無法坦承告訴男孩，倘若他真的養了貓，並被知曉他過去的人知道，恐怕會惹禍上身。

李澤淳十二歲時，父母離婚，李母無法獨自照顧三個孩子，於是讓李澤淳跟著父親。

劉父是公務員，給人規矩和親切的好形象，卻在離婚後性情大變，某日他忽然帶三隻幼貓回家，李澤淳以為父親要飼養牠們，沒想到隔天醒來，一隻幼貓的屍體出現在他房間的地板上，李澤淳嚇得從床上跳起，大聲呼喊爸爸，父親神態從容地走進來，瞥了地上的貓屍一眼，用人畜無害的笑容對他說：「你害怕嗎？害怕的話，就打電話叫媽媽回來吧。」

李澤淳這才知道貓是父親殺死的，自那天開始，父親每天都會以極其殘忍的手段殺害帶回來的貓咪，逼李澤淳哀求母親回心轉意，帶弟弟們回家。

雖然李澤淳年紀小，但他想保護母親和弟弟，因此再怎麼害怕，他都沒告訴母親，導致讓父親的行徑變本加厲。

無法讓母親回來，也做不到讓警方逮捕父親，李澤淳只能眼睜睜地看著無數隻貓繼續慘死在父親手中，每天活在宛如地獄般的噩夢裡，沒有醒來的一天。

父親每次行兇後，會將家裡徹底清掃，不讓鄰居聞到貓的屍臭跟血腥味，每天早上也會仔細檢查李澤淳的書包，確定他身上沒有一絲異味，才讓他去上學。

見兒子鐵了心不叫母親回來，劉父最後放棄了，也稍微收斂行為，但往後遇到不如意，他還是會藉著殺貓來發洩心中的憤恨。

從小被逼得目睹一切的李澤淳，數年下來早已麻木，即使一回家就看見血淋淋的貓頭顱掉在地上，他也無動於衷，一點恐懼之情都不再有。

李澤淳十八歲時，父親的暴行終於曝露，警方在他們家後院地底下找到一大批貓咪的屍骨，也在父親的房間搜到他虐殺上百隻貓咪的影片跟照片，消息一出，立刻引發軒然大波，還上了新聞。

父親鋃鐺入獄，李澤淳也被警方嚴加看管輔導，沒人相信在這種父親身邊長大的小孩，會有多健全的人格，每個人都懷疑他跟父親同樣殘暴冷血，會做出跟父親一樣的事。

李澤淳從姑姑口中得知母親非常擔心他，想將他接回去，但李澤淳說什麼也不肯見母親，他搬了家，到別處獨自生活，並透過姑丈介紹在一名水電工師傅身邊學習，培養一技之長，努力養活自己。

有天他工作結束，看見手機裡有一通未接來電跟簡訊。他的小弟李奐祺，從姑姑那裡打聽到他現在的手機號碼，特地主動聯繫他，說母親生了病，想見他一面，希望他能去看看母親，但李澤淳沒有理會。

一年後，李奐祺通知他母親逝世的消息，還附上母親告別式的地址，央求他來送母親最後一程。李澤淳雖然沒有回覆他，卻在告別式那一天偷偷地到現場，在遠處觀望。

他沒見到母親，但見到兩個弟弟在會場外起口角，也聽見兩人爭執的內容。李奐祺想打電話給李澤淳，二哥卻叫他別在李澤淳身上繼續浪費時間，堅稱李澤淳不是正常人，命令李奐祺不許接近他。

然而李奐祺依舊持續傳簡訊給李澤淳，還邀請他來喝自己的喜酒。

知道弟弟對他是一片赤誠，李澤淳還是不改決心，也相信弟弟總有一天會放棄。

二十九歲的夏天，李澤淳到離家不遠的一棟老公寓，幫七樓的客戶修水管。當他結束工作要回家，看見一名穿著白色上衣的清瘦少年坐在五樓的樓梯間。李澤淳越過他繼續下樓，卻被那個少年叫住。

「叔叔。」

少年低首不動，用不符他年紀的冷靜語氣問：「如果你身邊有個想讓他消失的怪物，你會怎麼辦？」

李澤淳打量他的側臉，這少年應該才十二、三歲，他的手臂和臉頰帶著挫傷，手裡不知為何抱著一把黑色的二胡。

接著他聽見少年身旁的鐵門後傳來一個男人的咆哮聲，聽起來像是酒醉後的瘋言瘋語，還參雜另一個小孩子的哭泣聲。

如果是正常的大人，應該會幫忙打電話報警，但李澤淳不是，他只是凝視男孩的面容，冷漠回答：「那就讓他真的消失。」

聞言，少年轉頭望向他，李澤淳頭也不回離開公寓。

少年當時看他的眼神，不知為何讓李澤淳印象深刻，往後時不時會回想起來。

五年過去，依舊獨來獨往，不跟任何人打交道的李澤淳，某天晚上收工返家，經過一座親子公園，突然一個少年狼狽地從公園裡衝出來，直接躲到李澤淳的背後。

「叔叔，請幫幫我，他們在虐待這隻貓。」

長得眉清目秀的少年向他求救，手裡抱著一隻左耳缺角的黑貓。

李澤淳下意識皺起眉頭，四名穿著國中制服的少年隨後追來，那副吊兒郎當的樣子，像是故意在告訴大家他們是不良少年。

人高馬大的李澤淳，讓他們稍稍瑟縮了下，卻沒有打退堂鼓，反而開始對少年叫囂，要他把貓交出來。也不知道是不是刻意說給李澤淳聽，其中一名少年還聲稱那隻貓是他養的，說少年是小偷，命令他還回去。

「亂講，牠是我在這裡發現的，不是你的貓。」少年氣沖沖地反駁，向李澤淳告狀，「我剛才親眼看到他們拿打火機想燒牠的尾巴，如果貓落到他們手中，貓一定會死。」

「不干我的事，閃開，別擋路。」

李澤淳冷漠地掉頭就走，少年卻像水蛭一樣緊黏他不放，其中一名國中生這時將手裡的可樂瞄準少年潑灑，少年機警躲開，結果李澤淳慘遭波及。

外套跟褲子上的一大片可樂，讓李澤淳額冒青筋，滿腔怒火讓他看起來更加凶神惡煞，當場咬牙恫嚇那四名國中生：「你們這群小鬼再不滾蛋，別怪我不客氣了。」

他們嚇得落荒而逃，只有那名清秀少年留下，他白著一張臉，慌張愧疚地道歉：「對不起，叔叔，害你被可樂潑到。」

李澤淳狠狠瞪他，見少年的上衣血跡斑斑，疑似是貓受傷所流下的血，最後只是嘖了一聲，就頭也不回離開。

幾日後的傍晚，他又在公園附近遇到那個少年。少年主動叫住他，然後抱著那隻黑貓跑過來。

「叔叔，上次謝謝你。托你的福，我才能順利帶黑黑就醫，獸醫說再慢一步，牠就會死了。」他一臉感激。

李澤淳沒理會，越過他就走，少年又跑到他面前，用空著的手遞給他一個小餐盒，「叔叔，這個請你收下。」

「這什麼？」他皺眉。

「我買的點心，是檸檬蛋塔，我想給你當謝禮。」

「不用。」

「叔叔，這個很好吃，你一定會喜歡。」他大力推薦。

「我不吃甜的，我要去工作，你別再擋我的路。」李澤淳失去耐性。

「喔，對不起。」少年訕訕低頭，目光落到李澤淳手上提的工具箱，上頭印的文字及電話，讓他眼睛一亮，「叔叔是水電師傅？那我可不可請你到一個地方修個東西？我認識一位婆婆，她家的水龍頭最近會一直發出怪聲，正想找人幫忙修理。」

有生意上門，李澤淳自然不會拒絕，他給了少年一張名片，讓少年替他安排好服務的時間。

少年很熱心也很有本事，主動幫李澤淳找到不少客戶，不難看出他在這一帶的好人緣。李澤淳孤僻的個性，加上不好親近的冷峻外型，有時會讓他遭到客人誤會，但這名少年除了幫他介紹客人，有空時還會跟去工作現場，畢竟都是少年熟識的客戶，有他在，李澤淳跟客人的溝通順利許多，鮮少再發生糾紛，李澤淳也漸漸不再將少年拒於千里之外。

「李叔叔，這個請你。」

兩人坐在親子公園裡時，少年遞給他一個點心盒。

「我說過我不吃甜的。」他涼涼回。

「我知道啊，所以我幫你買法式鹹派，是這家店推出的新品，他們的點心真的很好吃，你吃看看嘛。」少年催促。

李澤淳不耐煩的接過點心盒，瞥了眼上頭印製的店名跟地址，他認出是離這裡不遠的一間咖啡店。

似是聽到兩人的聲音，那隻叫黑黑的黑貓，沒多久自動出現在他們眼前，少年馬上拿出事先在超商買好的貓罐頭，打開給牠吃。

偶爾李澤淳經過公園，這隻貓也會主動親近他，李澤淳雖沒把牠趕走，卻也一次都沒有摸過牠。

現在看到少年用心的餵黑黑，李澤淳問他：「怎麼不乾脆把牠帶回家養呢？」

「我想養，但我哥哥不喜歡貓，我也找不到願意養牠的人。」少年垂頭喪氣，對他投以期待的目光，「李叔叔可以養黑黑嗎？」

「不可能。」他一秒拒絕。

「黑黑牠真的很乖，我相信牠不會給你添麻煩的，你可不可以考慮一下？」少年苦苦央求。

忽然間，李澤淳覺得這個少年說不定打從一開始就想讓他養這隻貓，才會那麼熱心幫他介紹客人，見他看起來不會輕言放棄，李澤淳決定用某個方式讓少年徹底打消念頭。

李澤淳將自己的童年遭遇說給他聽，少年聽完後，反應如他所料，眼中明顯浮上懼色，但那情緒一閃即逝。

「那李叔叔之後就沒再養過貓了嗎？」

「沒有。」

「為什麼？」

「什麼為什麼？若別人知道我養了貓，豈不是會被懷疑？我幹麼自找麻煩？」

「但這就表示李叔叔不是因為討厭貓才不養貓，而是擔心別人會誤會你。李叔叔的父親這麼做，並不代表你也會呀，我相信李叔叔不會做出這麼殘忍的事。」少年言詞篤定。

他哼笑一聲，「你憑什麼認定我不會？」

「如果李叔叔真的跟你父親一樣殺貓成性，那我說希望你能養黑黑，你應該會一口答應不是嗎？更重要的是，你為了保護母親跟弟弟，獨自承受恐懼這麼多年，就跟我哥哥為了保護我，決定挺身對抗爸爸一樣，所以我確定李叔叔是好人，更確定你不會傷害黑黑。」

少年異常激動的語氣，讓李澤淳啞口無言，忽然一時無法直視少年清澈的眼睛。

「你爸爸會傷害你嗎？」李澤淳反問。

少年點頭，「我爸從前經常會毆打我跟我哥。有一次我被爸爸打，哥哥不但出面保護我，還讓爸爸今後再也沒有辦法回家。」

「怎麼做？通報警方嗎？」

「不是，他聯繫一直在尋找爸爸的債主們，直接讓他們來家裡抓走爸爸，並把家裡的門鎖換掉。只要發現爸爸跑回家，哥哥就會再聯絡債主，最後爸爸再也沒有回來，我已經五年沒見到他了。」

「你哥很聰明。」

「對吧？我哥當年也還只是小學生，真的很勇敢。」

少年眉開眼笑，對哥哥的驕傲之情溢於言表，但那笑容很快就被一片深深的晦暗籠罩，少年低頭陷入沉默，彷彿有心事。

察覺到他的異狀，李澤淳喚他一聲，少年微微啟唇，一副欲言又止，最後卻什麼也沒說，就跟李澤淳道別回去了。

等到李澤淳發現少年有東西放在椅子下沒拿走，少年已經不見蹤影。

李澤淳拿起地上的那個樂器盒，這是他第一次看見少年帶著它，從外觀上看不出是什麼樂器，於是他好奇打開看，發現盒裡裝的是一把黑色二胡。

那個小鬼會拉二胡？想像一下少年拉奏二胡的模樣，竟然還挺適合的。

李澤淳默默闔上二胡盒，眼尖注意到盒上有用奇異筆寫上的小小中文字：「澈」。

李澤淳不曾詢問少年的名字，都是用「喂」跟「小鬼」來稱呼他，但李澤淳幫少年介紹的客戶修東西時，有時會聽見客戶叫少年「阿ㄔˋㄜ」，因此確定這就是他的名字。

李澤淳先把他忘記的東西帶回家，等少年自己聯絡他，但李澤淳直到睡前都沒見少年打電話來。

也許是因為那把二胡的關係，那晚李澤淳夢見一段遙遠的記憶。

——一個疑似遭到虐待，手裡抱著二胡坐在家門口的男孩子，出現在他的夢中。

李澤淳沒在那場夢境中察覺到什麼，隔天醒來就忘了那個夢。

晚間七點半左右，李澤淳出門辦事，回家途中碰巧經過少年常去的那間咖啡店，忍不住又拿出手機看了一眼。

少年依然沒有打來。

李澤淳終於決定打過去，卻沒有回應。收起手機後，一個起心動念，讓他打開了那間咖啡店的門。

店裡生意不錯，裝潢典雅溫馨。櫃檯的店員正在烤鬆餅，整間店瀰漫著香醇咖啡味和烘焙的香氣。

李澤淳走到櫃檯前，看著玻璃展示櫃裡擺放的各項點心，目光最後在檸檬蛋塔的位置停了下來，啊，這是少年最喜歡的點心，也回想起少年昨日對他說的那番話語。

『你為了保護母親跟弟弟，獨自承受恐懼這麼多年，就跟我哥哥為了保護我，決定挺身對抗爸爸一樣，所以我確定李叔叔是好人，更確定你不會傷害黑黑。』

他沒有想到，會有人這樣看他。

這份被深深信任的感受，讓李澤淳冰冷的心第一次有了溫度。

當女店員告訴他，檸檬蛋塔是店裡的人氣商品，強烈推薦李澤淳吃看看，原本不吃甜食的他，最後竟也真的買下來。

李澤淳結完帳後，準備再撥電話給少年，客人的驚叫聲霍地傳來，緊接著是一道驚天動地的巨響，李澤淳也在遭到巨大衝撞後失去意識。

一分鐘後，他睜開眼睛，發現自己倒在地上，全身劇痛，手臂血流如注，四肢更是動彈不得。

視線從模糊變得清明，首先映入他眼簾的畫面，是倒在翻覆的汽車內，兩名頭破血流，奄奄一息的少年。

當位於副座的清秀少年，勉強撐開被血染紅的眼皮，不偏不倚與李澤淳對上視線，李澤淳霎時如墜冰窟，感覺心臟同時停止跳動。

為什麼？

為什麼這個小鬼會在車裡？

李澤淳震驚望著眼中流下淚水，張口欲言的少年，想要問他究竟發生什麼事，喉嚨卻發不出聲音，只能急著朝少年伸出手，希望將對方救出來，卻在觸碰到對方之前，意識再度被黑暗吞噬，徹底昏厥過去。

結果這一昏，便是半年。

醒來以後，他跟少年也真正天人永隔。

牽著李東玹離開親子公園的那天晚上，李澤淳拿出收在臥室櫃子裡的二胡盒，就這麼靜靜地看了一夜。

儘管劉澈的死亡真相還未解開，但思及他最後的託付，李澤淳仍然已經知道，這把二胡最後應該要交給誰了。

❀❀❀

李奐祺來接兒子回家的那一天，李澤淳帶他們到海鮮餐廳吃晚飯，吃飽後接到咖啡廳老闆打來的電話，李澤淳連道別的話都來不及說，就匆匆趕到咖啡店。

古春櫻的大學好友柳郁，這天再度前來消費，她留著一頭短髮，打扮中性，見到李澤淳後，答應留在店裡與他談話。

李澤淳先是表示自己跟劉澈有些交情，再問她：「古小姐有沒有跟妳提過劉澈的事？」

「有，她說她在這間店裡遇到一個長得漂亮，而且很會拉二胡的男孩子，他們感情很好，就像親姊弟一樣，兩人經常在這裡見面。」柳郁點頭。

「那你有沒有聽古小姐說過有關劉澈家人的事？尤其是他的哥哥劉衍？」

柳郁停頓一下，這次搖頭，「春櫻沒有告訴我這些。」

李澤淳深吸一口氣，決定問出那最關鍵的問題，「柳小姐，古春櫻跟劉澈，有沒有可能並非只是如姊弟般的朋友？」

「什麼意思？」

「我的意思是，他們有沒有可能真是親姊弟？」

「你在說什麼？這當然不可能。」柳郁一臉荒謬地笑出來。

「但是我偶然知道，劉澈除了哥哥，疑似還有一個姊姊，而他生前最親近的年輕女性就是古春櫻，所以我才有這樣的猜測。」

李澤淳的話讓柳郁的臉色變了。

「你是怎麼知道劉澈可能還有一個姊姊？劉澈告訴你的嗎？」

「他跟我暗示過，但我不確認這個假設是否正確。」

柳郁的表情越來越僵硬，李澤淳不免懷疑她有所隱瞞，當場直問：「他們兩人確實是親姊弟吧？」

「當然不是，絕對不是！」她鄭重否認。

「妳為何能這麼肯定？說不定是古春櫻隱瞞了妳。」

「我說不是就不是，你不要隨便質疑春櫻，劉澈的姊姊另有其人！」柳郁憤怒地脫口而出。

李澤淳愣住了。

「妳怎麼知道另有其人？」

柳郁咬緊下唇，低頭沉澱好心情，才張口回答：「春櫻出事那天，本來在我家，但她在收到一則訊息後，就說有急事必須出去一下，然後就跑走了。

過了不久，我就聽到她在那間咖啡店出事的消息。她的包包還留在我家，事後我在裡面發現她的日記，決定打開翻翻，結果看見劉澈的這個祕密。」

「那劉澈的姊姊是誰？」

柳郁沉聲回：「他哥哥的女朋友。」

李澤淳當場傻住，難以置信地確認：「那個叫翁慶甯的女高中生，是劉澈的親姊姊？」

「對，劉澈似乎是劉衍他母親的朋友的小孩，他親生母親身體不好，無法照顧劉澈，就託付給好友照顧，但是對方一年後就丟下劉澈跟劉衍，跟別的男人跑了。」

這驚人內幕讓李澤淳呆了一呆，很快意識到了什麼。

「劉衍動手殺害女友，跟這件事有關嗎？他知道翁慶甯跟劉澈的關係嗎？」

柳郁搖搖頭，「起先不知道。我讀完春櫻的日記後，也想確定劉衍殺害女友跟弟弟的動機，於是看了劉衍的相關報導，也親自去問劉衍的幾個同學，結果得知車禍發生的前三個月，翁慶甯才轉學到劉衍的學校，她似乎對劉衍一見鍾情，很積極地接近劉衍。劉衍對別人的戒心很重，給人難以親近的印象，因此沒什麼朋友，但他最後被翁慶甯打動，兩人交往後，還把女友介紹給弟弟認識，也常會找她來家裡玩。」

李澤淳看過一名網友分析劉衍殺害弟弟跟女友的原因，這名網友高度懷疑，翁慶甯移情別戀，愛上男友的弟弟，並且偷偷地與弟弟交往，最後東窗事發，哥哥一氣之下才會殺了兩人。

其他網友們在看到劉澈清俊的長相後，都大力贊同這個推論。倘若李澤淳沒聽到Maya最後託付給他的事，他也會相信這種假設。

如今他感覺自己正逐步接近真實答案了。

李澤淳就柳郁的話進行推測：「莫非翁慶甯從一開始就知道弟弟在劉衍這裡，為了見到弟弟，才刻意接近劉衍。最後被劉衍發現，劉衍因此氣到對她痛下殺手？」

柳郁很堅定的頷首，「我也是這麼懷疑的。警方在春櫻的手機裡，查到她收到的最後一則訊息，是劉澈傳的。那訊息的內容是：『我覺得哥哥好像知道了。』我很確定春櫻一定是看到這則訊息，才會趕去咖啡店找他。我不曉得翁慶甯是不是真的只是在利用劉衍，但劉衍會連弟弟都狠心殺害，我覺得還有另一個關鍵原因。春櫻在日記上寫到，翁慶甯曾要求劉澈將來能跟她一起生活。我在想劉衍說不定有聽到他們的對話，不僅知道兩人是親姊弟，還懷疑他們同時背叛自己，才會鑄下大錯。」

李澤淳喉嚨乾涸，心跳一度加快。

儘管無法再聽本人親口證實，但李澤淳已經肯定，這就是事情的真相。

只是他也納悶，為何網路上沒有找到劉衍真正的犯案動機？莫非警方並沒有將這消息透露給媒體？

面對李澤淳的疑問，柳郁面色一沉，坦言：「我沒讓警方知道春櫻的日記，春櫻死後，我就把她的日記燒掉了。」

李澤淳深深蹙眉，「為什麼燒掉？妳明知道那本日記是最重要的證據。」

「因為那本日記裡除了記錄劉澈的事，也有春櫻的祕密，我不想讓她傷心的父母知道她發生的事，也不想讓其他人看到春櫻的不堪，更不想聽見別人對她說三道四。這件事一旦被公開，對春櫻來說比死還痛苦。我無論如何都想保護她最後的名譽。」

柳郁冷聲問他：「李先生打算告訴警方嗎？」

「不會，因為我也不想讓社會大眾知道劉澈的事。」李澤淳朝那盞月亮吊燈看了一眼，繼續說下去：「妳能不能告訴我古小姐的祕密，只要妳願意透露，我會把今晚的對話永遠保密。」

「你為什麼想知道春櫻的事？」她警覺心起。

「等妳告訴我，我就會回答妳。」

柳郁抿抿唇，最後闔眼，深吸一口氣。

「春櫻曾有一個交往四年的男朋友，是個不折不扣的混蛋，利用春櫻的一片癡心，交往期間不斷哄騙春櫻傳私密照給他看，春櫻個性天真單純，也真的這麼做了。沒想到那傢伙變本加厲，居然瞞著春櫻，在房間裡安裝針孔攝影機，將兩人的親密畫面錄下來。後來他劈腿，春櫻決定跟他分手，對方就拿出那個影片要脅她，還跑到春櫻的公司大鬧一場，事情傳到春櫻老闆的耳裡，老闆主動關心春櫻，好心說要幫她跟對方溝通，叫春櫻不必擔心，而對方也真的不再繼續騷擾她，春櫻為此十分感謝他的老闆，可是結果……」

柳郁捏起不斷顫抖的拳頭，讓李澤淳隱隱猜到了後面的發展，安靜地等她說下去。

她咬牙切齒說：「那個老闆也是個畜生，他早就看上了春櫻，因此用高價跟春櫻的前男友買下那支影片，威脅春櫻跟他發生關係，做他的小三，還逼她拍下更多影片。春櫻身心受創，備受折磨，就這樣默默忍受，我一直不明白，既然她願意告訴劉澈，為何就不敢告訴我？」

李澤淳拿起餐桌上的一張乾淨紙巾，默默地遞給對方，這是他從來沒有做過的舉動。

「謝謝。」用李澤淳給的紙巾擦乾淚水，柳郁立刻調整好情緒，認真看他，「我說完了，也請李先生老實回答我的問題。」

「我只是想再次確認古小姐會一直留在這裡的原因。」李澤淳說。

「什麼？」她面露疑惑。

「妳應該有聽說那場車禍之後，發生在這間店裡的靈異事件。就是古小姐生前常坐的那張座位，上頭的吊燈每晚都會不明原因而閃爍。我有靈異體質，從小就能輕易感應到不存在的東西。雖然古小姐已經逝世，但我可以感覺到她還在這裡。」

李澤淳講得煞有介事，覺得這種說法對方可能會信。

果不其然，柳郁愕然打量著他，半信半疑問：「你是說真的？你的意思是，那個吊燈每天會忽然閃一下，是因為春櫻？」

「對，我猜她是為了等劉澈，才會繼續在這裡。」

柳郁猛地轉過頭，呆呆看著那盞吊燈。

而就這麼剛好，吊燈這時竟又冷不防重重閃爍，柳郁情緒激動，再度濕了眼眶。

「這個大蠢蛋……既然都變成鬼了，怎麼不去找那個畜生算帳？還在這裡苦苦等一個不會再出現的人？」柳郁氣得邊哭邊罵，語氣裡盡是對摯友的不捨與心疼。

「我想是因為比起傷害她的人，古小姐更在乎劉澈。」李澤淳說出自己的看法，「但我有預感，這盞燈很快就會恢復正常，所以妳不需要太擔心。當這燈不再閃爍，就表示古小姐已經被接走了。」

「被誰接走？」

「她想見的人。到那時，古小姐就不會繼續徘徊在這，可以好好安息了。」

柳郁一聽，臉蛋很快又被淚水沾濕，嘴裡溢出哽咽聲。

最後李澤淳再向對方問了一件事。

三天後，無人的地下停車場，身著灰色西裝的中年男子，一邊講電話一邊走到自己的車位。

「收到我寄去的內衣了嗎？」男子笑容可掬，對話筒另一邊的女人說著甜言蜜語，「我當然想妳，小寶貝，我現在就要過去了。妳先去洗澡，然後乖乖穿上新內衣，乖乖等著我。」

結束通話時，男子走到一台高級轎車旁，拿出車鑰匙，忽然一名戴著口罩的高大男人，神不知鬼不覺從他身後冒出來，把他嚇了一跳，「你是誰？」

「死神。」

李澤淳說完，一掌劈在男人的頸後，讓他暈過去，再拿走他手裡的鑰匙，直接將人載走。

男人醒來後，發現自己躺在一座陌生的河堤邊，手腳被牢牢綑綁住，除了站在旁邊滑手機的李澤淳，四周沒有其他人。

「太太是銀行總裁的千金，靠著老婆經營起現在這間寢具公司，也敢在外頭四處亂搞，你膽子挺大的。」李澤淳將男子的手機螢幕轉給他看，裡面的照片是一名穿著國中制服的少女，「這是你女兒吧？」

男子大驚失色，以為李澤淳企圖對女兒不利，苦苦求饒：「先生，有話好好說，別傷害我女兒。你究竟是誰？我跟你有什麼深仇大恨嗎？」

「沒有，但你讓我很火大。知道要保護女兒，那你傷害其他女人時，怎麼沒想過對方也是別人的女兒？還是別人的女兒就不是人？」

李澤淳毫不留情朝男人的腹部狠踢一腳，再用力踩住他的手，男子痛得五官扭曲，放聲哀號。

「你要慶幸我沒有讓你見到真正的死神。」李澤淳眼神陰冷，「昨天我跟蹤你，拍下你跟小三進汽車旅館的照片，剛才也在你手機裡找到你脅迫數名年輕女子的犯罪證據，我已經寄給媒體，最快明早就會見報。對付你這種人渣，只讓你身敗名裂已算是便宜你了。這個河堤平時很少有人來，所以也常發生殺人命案，你就在這裡讓那些冤魂陪你一夜，等警方明天找到你，再接著去吃牢飯。」

將一身狼狽的男人關進車裡，李澤淳就丟下人跟車子，離開河堤。

翌日，男子的新聞被播報出來，男子的妻子和岳父都是有頭有臉的人物，這次的醜聞自然引起軒然大波。李澤淳透過公共電話向警方透露男子的所在地，警方才在河堤找到人，將他上銬帶走。

柳郁看到新聞後，從咖啡店老闆那裡取得李澤淳的電話，親自打給他。

「是李先生做的嗎？」

「跟我無關，那個畜生得罪這麼多人，會有人找他尋仇也不奇怪。」他輕描淡寫。

柳郁沉默，不知是不是聽出他在說謊，最後仍顫聲說了句：「謝謝你。」

三天後，咖啡店老闆在打烊時間，特地打給李澤淳。

那盞月亮吊燈已經不會再閃爍了。
「有個喜歡研究那盞燈的常客，昨天晚上告訴我，那盞燈似乎沒有在閃了，今天我就仔細留意了下，結果發現確實沒有。就像李先生你上次預言的那樣，那盞燈真的很快就會好，太不可思議了。」店長嘖嘖稱奇。
李澤淳問：「所以是昨天就沒在閃了？」
「我也不清楚，前天我們沒營業，所以不確定燈到底是在哪時候恢復正常的？」
咖啡店休息的那天，剛好就是古春櫻的老闆遭到逮捕的日子。
李澤淳不禁想，或許Maya是刻意選在那一天接走古春櫻。
他相信古春櫻終於等到了劉澈。

古春櫻初次見到那名漂亮的男孩子時，是在一個下著雨的週末午後。

少年走進這間她經常光顧的咖啡店，用茫然的眼神環顧店內，老闆娘注意到後，上前親切招呼他，由於目前客滿，老闆娘便詢問古春櫻能否先與他同桌？等有客人離開再讓少年移往別桌。古春櫻見少年全身被雨淋得濕透，於心不忍，便點頭答應了。

擔心他感冒，古春櫻好心請他喝熱可可，再點一份檸檬蛋塔給他，少年吃下一口蛋塔，原本空洞黯然的眼神微微發亮，看得出很喜歡這個點心。

「你還好嗎？」

見少年臉色蒼白，眼下掛著清晰的黑眼圈，古春櫻忍不住開口詢問。

她溫柔的關心，讓少年的眼圈微微一紅，等到他默默吃完檸檬蛋塔，才訕訕地啞聲回答，他心情不好，從家裡跑出來，在這一區漫無目的亂晃，經過這間咖啡店時，聞到店裡飄出的咖啡香，忍不住走進來，他是第一次來這家店。

「跟父母吵架了嗎？」

聽他說從家裡跑出來，古春櫻很自然這麼猜測。

「不是，我沒有父母。」少年說出後，眼中盈滿深切的徬徨與不安，「只是發生了一件……讓我不知所措的事，現在不知道該怎麼辦才好。」

聞言，古春櫻心念一動，主動提議：「雖然我們不認識，但若你不介意，要不要跟我分享你的煩惱呢？或許我能以過來人的角度，幫上你一點忙。」

少年似是真的迫切需要協助，而古春櫻的一席話，讓他感覺像在大海裡撿到了浮木，看著古春櫻溫柔可親的笑容，於是漸漸卸下心防，坦白說出了自己的故事。

聽完少年的煩惱，古春櫻完全傻住了，沒想到情況遠比她想像的還要複雜棘手。

「你說你哥哥的女朋友……說她其實是你的親姊姊，她有證據嗎？」她壓低聲音。

少年頷首，「她給我看一張她小時候抱著我的照片，那就是我沒有錯。實際上，我確實是被收養的，但那時我年紀還很小，對姊姊的印象已經很模糊，幾乎記不得她了。」

得知對方是瞞著少年的哥哥這麼做後，古春櫻便覺得事情不太單純，懷疑女孩可能有別的心思。

「你姊姊偷偷跟你相認後，有對你提出什麼要求嗎？」

「她只是要我別告訴哥哥，但我不知道是不是真的該這麼做。」他心亂如麻。

古春櫻認為，倘若少年真的告訴哥哥，他的哥哥極可能會懷疑，女友其實是為了見到失散多年的弟弟，才刻意接近自己，如此一來必然發生嚴重衝突。古春櫻將自己的想法告訴少年，建議他如果覺得哥哥無法接受，那就不要告訴他。

少年看起來如釋重負，整個人鬆了一口氣。

從少年的眼神看出他想要道謝，古春櫻笑著自我介紹。

「謝謝春櫻姊姊。」

少年害羞道，由衷說出自己的想法，「春櫻姊姊的名字真美，讓我想到一棵在春天盛開的古老櫻花樹。」

古春櫻聽過了很多人讚美自己的名字，但眼前少年所說的話，是最令她感動的。

車禍發生的前兩個月，她和劉澈就這麼相遇了。

兩人此後經常在這間咖啡店見面。

知道劉澈小時候吃過不少苦，古春櫻對他心生憐惜，待他十分好。

聽劉澈說他有在學二胡，古春櫻便強烈表示想聽他拉奏二胡，咖啡店老闆娘也同意在打烊的時候讓劉澈在店裡秀兩手。而他出色的表演，最後讓他獲得滿堂彩，連老闆都激賞不已。

「真的是太好聽了，簡直就像是職業級的，好厲害。」古春櫻又驚又喜，沒想到劉澈竟有這樣的天分。

「謝謝春櫻姊姊，這曲子是專程為妳演奏的哦。」

「真的？」

「嗯，這曲子叫〈In Full Bloom〉，也叫做〈櫻日和〉。當我知道春櫻姊姊的名字，立刻就想起這首曲，所以我把它送給你。」

劉澈燦爛的笑容，溫暖了古春櫻的心。

那段日子，劉澈除了將哥哥與姊姊的事透露給她，也意外發現了古春櫻的祕密。

一次她沒注意，不小心讓劉澈看見她左手腕上數道深淺不一，像是自殘留下的刀疤，大驚失色，見古春櫻堅持不說，擔心她出事的少年，罕見地表現出堅定無比的態度，威脅說要告訴老闆娘，古春櫻這才終於道出埋藏許久的心事，但她不敢說得太詳細，只說明大概。

那是古春櫻第一次見劉澈如此憤怒，看到少年心疼自己，一副要哭出來的表情，她也感動到紅了眼眶，還反過來安慰他，叫他不要擔心，保證不會再做傻事。當劉澈說要想辦法幫她，古春櫻二話不說就制止，無論如何，她都絕對不能把劉澈扯進自己的麻煩裡。

有一天，劉澈告訴她，他的姊姊親口對他說，希望他以後能夠回到她身邊，跟她一起生活，古春櫻很吃驚，卻也不怎麼意外，她早料到女孩可能懷有這樣的心思。

「那你是怎麼想的？你想跟姊姊一起生活嗎？」她小心翼翼問著。

劉澈沒有直接回答她的問題，只是神色痛苦的說：「我很喜歡現在跟哥哥在一起的生活，但是姊姊說，我們的媽媽生病過世之後，她就一直很孤單，而她就只剩下我這一個親人，好不容易終於找到了我，她很希望我能回去她身邊。我實在不知道該怎麼辦⋯⋯」

看到劉澈必須面對這些不該由他來承受的壓力，古春櫻著實為他心疼與擔憂，只是當下也想不出什麼好方法替他解決，兩邊都是劉澈最重要的家人，不管他如何抉擇，都是兩敗俱傷。

曾經她跟大學好友柳郁聊過劉澈的事，那一天，柳郁邀請她來家裡過夜，古春櫻答應了，也決定把劉澈的祕密告訴好友，請她一起看看能否想出好辦法。

沒想到在這麼做之前，她就先看見劉澈的訊息。

「**我覺得哥哥好像知道了。**」

劉澈傳來這條訊息時，古春櫻正好去洗澡，等她吹乾頭髮拿起手機一看，已經十五分鐘過去了。她很快就知道這句話的意思，趕緊回電話給劉澈，卻一直沒人接聽，古春櫻升起不祥的預感，匆匆跟柳郁說有急事要出去一趟，就拿著手機奪門而出。

她不知道劉澈的家在哪裡，但無法就這麼坐以待斃，最後決定先到咖啡店，看看劉澈是否有去到那裡，同時路上繼續撥打電話。

抵達咖啡店後，古春櫻沒在裡頭看見劉澈，問了一名男店員，對方表示沒看到劉澈今日來這裡。

古春櫻告訴自己要冷靜，劉澈也許只是正好在忙，才沒接電話。她到老位子坐下，繼續撥電話，倘若半小時後劉澈依舊未接，她就會考慮報警。

打了第十二通，古春櫻焦慮地放下手機，視線落向櫃檯，看見櫃檯的女店員正在向一名個頭高大的男客人推薦劉澈最愛吃的檸檬蛋塔，不禁想起劉澈曾說過，他之前認識一名身材高大的男人，對方救了公園裡的流浪貓一命，是個很靠得住的男人。

古春櫻看著那個男人買下一個檸檬蛋塔，走到收銀臺前結帳，不久後聽到前桌的客人對著窗外發出驚慌的叫聲。

當她轉頭朝落地窗外望去，就這麼看見一台車朝自己的方向直衝而來。

下一秒，她的眼前一片漆黑，耳邊只剩下寂靜，整個世界彷彿停止轉動，停滯的時間漫長到恍如隔世。

最後她在黑暗中聽見那個名字。

『春櫻姊姊，我是劉澈。』

此刻站在未營業的咖啡店裡，看著眼前一身黑西裝，牽她的手流淚的少年，古春櫻終於想起一切。

想起自己一直在等待著這個少年。

少年的名字，就是開啟她記憶的鑰匙。

思及Maya先前說過的那些話，古春櫻不敢置信，淚水湧進眼眶，萬分不願接受這個事實。

「劉澈……你是真的已經死了？為什麼會這樣？你哥哥真的對你做了什麼？」

少年的眼神柔和，「不是哥哥的錯，是我傷了他的心，也是我害了春櫻姊姊。只要能再見妳一面，我願意付出任何代價。我無法讓春櫻姊姊活過來，但可以帶妳去到更好的地方，我一定會讓春櫻姊姊的人生能夠重新開始。」

古春櫻再也止不住淚水，哭得全身顫抖。

「劉澈，難道你會成為死神，是因為……」

「是我決定的，我一點也不後悔，我很感謝給予我這個機會的人。我想再跟春櫻姊姊相處，才沒有馬上告訴妳真相。一直傷害春櫻姊姊的那個人，已經受到應得的懲罰了，所以我可以來接妳了。但在走之前，我想帶妳到我常去的公園裡，那裡的櫻花盛開了，非常美麗，春櫻姊姊願意和我一起去看嗎？」

少年的笑顏，如她記憶中一樣燦爛美好。

她終於再次見到這樣的笑容。

古春櫻輕輕頷首，握緊少年的手，破涕為笑。

「我願意。」

第三部

明天的孩子

劉澈在五歲時被母親的好友收養，養母告訴他因為母親身體不好，暫時沒辦法照顧他，等母親身子好一點，就會帶他回去看媽媽和姊姊。

但這個承諾最終沒有兌現，因為養母在一年之後，就一聲不響地跟情人跑了，而劉澈的養父就這麼遷怒於他，會動手打他，把他關在暗房，甚至不給他飯吃。

當時大劉澈三歲的哥哥劉衍，聽信了父親的話，以為都是劉澈害的，母親才會離家。

劉衍本來就覺得劉澈是個外人，氣他瓜分了母親對自己的關注，對他抱有莫名的敵意，因此每次父親喝酒拿劉澈出氣，他也只是冷眼旁觀，從沒想過要伸出援手。

但到後來，劉父不只是會打劉澈，連劉衍也會一起打。

劉澈小學二年級時，偶然聽到國樂老師在教室裡用二胡拉奏〈Maya〉，便深深為二胡這個樂器著迷不已。老師發現劉澈有天分，便專程教他學習二胡，最後甚至送了一把全新的黑色二胡給他。

那把二胡被喝醉酒的劉父發現時，劉父直接把樂器從窗外丟了出去，對他大吼大叫，把他打得渾身是傷，劉澈只能蜷縮在角落驚懼發抖，哭個不停，沒有多久，劉父的後腦猛然遭到重擊，悶哼一聲後，就倒地不省人事。

身著白衣的劉衍，手裡握著一個碎成兩半的馬克杯，冷眼俯視昏過去的父親，接著走到電話前打一通電話，過了十五分鐘，三名身材魁梧的陌生男人進到家裡，將劉父給帶走。其中一名男子看著傷痕累累的兩兄弟，起了惻隱之心，還叮嚀劉衍要好好照顧弟弟。

那一天，劉衍不僅從父親手中救了他，還幫他把二胡從家門外撿回來。劉父把劉澈的二胡從窗外丟到樓下時，被正好要回家的劉衍看見。

「哥哥為什麼要救我？」

見手中的二胡完好如初，劉澈難以置信地看著哥哥。

「剛才有一個大人跟我說，我可以讓我們身邊的怪物消失，我就真的讓怪物消失了。」劉衍平靜地回答他，「從今以後，我們家沒有怪物了。」

也許是因為同被父親長期虐待，讓劉衍最後對父親開始心生怨恨，並漸漸不再對單純的劉澈那麼充滿敵意，甚至願意把他當作自己人了。

劉衍從原先的不理不睬，到已經會開始出言管教弟弟，而且也十分保護弟弟。當劉父從債主那裡逃回來，早已將家裡門鎖換掉的劉衍，非但不幫父親開門，反而再致電給債主，使得劉父不敢再出現在這裡，兄弟倆也終於得到平靜安全的日子。

越是了解哥哥，劉澈就越清楚知道，母親的背叛其實帶給劉衍多麼巨大的傷痛。原以為哥哥一輩子都不會敞開胸懷接納他，如今兩人能夠像親兄弟一樣和睦相處，是他怎樣都沒想到的光景，他深深珍惜這樣的日子，希望可以跟哥哥永遠不分離。

⁂

五年後的秋天，劉衍有一天帶了一名短髮少女回來。

少女名叫翁慶甯，是劉衍的學姊，也是她的女友。她皮膚白皙，說話輕聲細語，個性溫柔，而且和劉澈一樣有張深邃立體的五官。

此後翁慶甯每週都會來到家裡，有時還會在劉衍家過夜。

劉澈發現翁慶甯出現後，哥哥臉上的笑容變多了，個性也比從前開朗，雖然有點寂寞，但他還是很高興能有這樣的一個人陪伴在哥哥身邊。

翁慶甯再來家中留宿的某個深夜，劉澈在睡夢中被連續不間斷的輕輕敲門聲給吵醒，他睡眼惺忪地下床開門，穿著睡衣的翁慶甯就站在門外，對方表示有重要的事情要跟他說。

之後少女在劉澈的房間裡，親口說出那個祕密，並拿出她跟劉澈小時候的合照給他看。對方舉證歷歷，劉澈震驚到不得不信。

「媽媽把你送走後，過兩年就去世了，我被安排到叔叔家生活，後來叔叔他們搬家，我轉學到這裡，結果碰巧遇到你哥哥。我始終記得媽媽的那個朋友，她的兒子就叫劉衍，而且小我一歲，接近劉衍後，我才確定你真的就在這裡。」

翁慶甯淚眼婆娑，話聲哽咽：「劉澈，你是我的弟弟。我一直都沒有忘記你，小時候你最愛黏著我。媽媽把你送走的時候，我還傷心得哭了好久，沒想到現在可以找到你，我真的好高興。」

面對翁慶甯的喜極而泣，劉澈卻是滿心惶恐，他還沒能接受這個事實。

「但我不記得姊姊了。」

「沒關係，只要你知道這件事就夠了。從我見到你的第一天起，就一直很想找機會告訴你。你不用告訴劉衍，就把這件事當作我們的祕密。」

翁慶甯最後擁抱少年時，劉澈在她的懷裡渾身僵硬，動彈不得。

之後他再也睡不著，睜著眼睛到天亮。

這幾年跟哥哥的相處，讓劉澈知道劉衍是真心將他視如己出，也十分需要他陪伴在自己身邊。

如果他告訴哥哥，姊姊來找他了，哥哥會怎麼想？會不會大受打擊，或是覺得他有可能會離開自己，而感到憤怒不已？

隔天看到那兩人和樂融融地坐在客廳看電視聊天，劉澈完全不知道該擺出什麼樣的表情，更不知道要怎麼面對哥哥。他萬分不願讓哥哥傷心。

以跟同學約見面為藉口，劉澈匆匆逃離家裡，外頭正在下雨，沒帶傘的他，頂著雜亂的思緒四處亂晃，鬼使神差地進到一間咖啡店，並在那裡認識了古春櫻。

有人聆聽自己的煩惱，讓劉澈的情緒有了出口，也能冷靜地面對哥哥和翁慶甯。至少在哥哥面前，他能勉強保持平常的樣子，不被對方看出異狀。

劉澈有多感謝在背後支持鼓勵他的古春櫻，就有多為古春櫻的遭遇感到憤怒悲傷。剛好就在那段時間，他偶然遇到李澤淳，當劉澈的同學故意虐待他平時在公園裡照顧的流浪貓，多虧有李澤淳，黑黑才能撿回一命。

跟李澤淳相處越久，劉澈越覺得他和哥哥十分相像，外表冷漠，內心卻很善良，為了保護自己寧可拒人於千里之外，這讓他下意識更想與李澤淳親近，哪怕知道了他的過去，劉澈也不害怕，反而更堅信李澤淳是個非常溫柔的好人。

也因此，劉澈不知不覺對李澤淳產生了依賴和希冀，相信李澤淳說不定可以幫助古春櫻，只是他遲遲無法真的將古春櫻的難堪祕密對李澤淳啟齒。

而翁慶甯某天傳給劉澈的一則訊息，再度攪亂了他的心湖。翁慶甯希望劉澈國中畢業後，可以和她一起生活，但這個願望裡沒有劉衍。

劉澈能體會姊姊長年以來的孤單，也知道她是真心渴望能重返姊弟倆過去的幸福時光。但是哥哥怎麼辦？他怎麼能夠拋下哥哥？

最後他沒有回覆那個訊息，他不知道要怎麼回覆，無論是哥哥還是姊姊，他都做不到去傷害他們。

劉澈鬱鬱寡歡，煩惱到這天不小心把二胡盒遺忘在公園裡都不知道。晚上，劉衍把關在房裡的他叫出來，給他一份頗具份量的點心盒，裡面有十個他愛吃的檸檬蛋塔。

「你不是很喜歡吃這家的檸檬蛋塔嗎？我給你買來了。」

迎上弟弟訝然的目光，劉衍蹙眉說：「別以為我不知道，你最近老是一副心事重重的樣子，該不會是失戀了吧？吃一點這個，打起精神。我等會兒要出去找一下慶甯，你吃完就先去洗澡睡覺吧。但別吃太多，當心變胖。」

劉衍離開後，劉澈緊緊咬唇，紅著眼眶看著手裡的點心盒。

思考一夜後，他決定好要如何回應翁慶甯，也希望能當面和她說清楚。就這麼剛好，隔天早上劉衍告訴他，晚上翁慶甯會來家裡，劉澈心想這或許是好時機。

「欸，我問你。」劉衍這時冷不防問他：「如果有一天，你真正的家人出現了，你要怎麼辦？」

劉澈嚇得心跳漏跳一拍，但他竭力保持鎮定，故意裝傻回說：「哥為什麼這麼問？」

「沒為什麼啊，你本來就是我媽收養的不是嗎？我只是好奇，要是你原本的家人出現了，你打算怎麼辦？」

面對哥哥的視線，他腦袋空白，背脊一片發涼。

一陣慌亂下，劉澈只能用乾啞的聲音回：「我、我也不知道怎麼辦……」

「是嗎？」劉衍低語，而後笑了一笑，「瞧你一副驚恐的樣子，我只是隨口問問而已，緊張什麼？」說完他就離開客廳，前往廁所。

劉澈六神無主，完全不知道哥哥為何突然這麼問？難不成翁慶甯告訴他了？不對，如果哥哥真的知道了，現在不可能會這麼冷靜。

那天劉衍的樣子一如往常，待他的方式也跟平時一樣，然而劉澈依舊惶惶不安。

就算劉衍真的只是隨口問問，但聽到他當時的回答，劉衍會怎麼想？會不會覺得很失望？

晚上翁慶甯帶著在那間咖啡店買的點心來家裡，裡頭有各式各樣的甜點，其中檸檬蛋塔的數量是最多的。

看著劉衍若無其事地跟翁慶甯談笑風生，劉澈心中的恐懼無法消退，之後藉故上洗手間，心慌意亂地傳訊息給古春櫻，告訴她劉衍似乎已經發現了。之後劉澈心神不寧的待在客廳，看著劉衍在廚房切水果，而翁慶甯就站在他的身邊，兩人看起來十分甜蜜。

劉澈這下才終於鬆一口氣，相信自己應該是多心了。

「妳買的法式鹹派還有嗎？」劉衍問她。

「有，你要吃嗎？」

「嗯，妳餵我，我現在手很濕。」

翁慶甯笑著將一片弄成小塊的法式鹹派放入他嘴裡，問：「好吃嗎？」

「嗯，妳也吃看看？」

「沒關係，還有檸檬蛋塔，劉澈幾乎沒吃，我吃那個就好。」

「是嗎？但妳吃不到了。」

劉衍說完，就舉起手中的水果刀，轉身往翁慶甯的腹部捅了進去。

「妳以為，我真的會讓妳帶走劉澈嗎？妳作夢。」

劉衍在她耳邊冷冷吐出這句話，就看著表情驚恐痛苦的翁慶甯，整個人摔倒在地，鮮血不斷從她的腹部汩汩流出，畫面怵目驚心。

劉澈被這一幕嚇得叫出來，他慘白著臉，與哥哥對上視線。

「你也想跟這個賤貨一起離開我嗎？」劉衍面無表情地問他。

劉澈全身劇烈顫抖，遲遲說不出半句完整的話語。

劉衍這時扔下水果刀，把弟弟帶了出去，逼他坐上鄰居停靠在公寓外的車子，接著開車駛離。

「你們兩個早就計畫好要甩下我，一起遠走高飛吧？」

劉衍嘴裡在笑，淚水卻爬滿了臉。他重重踩下油門，在大馬路上飆速行駛，「如果不是我從那賤人的手機裡看到你們以前的照片和對話紀錄，你們打算一直隱瞞我到最後，再一起背叛我，是吧？」

「哥，我沒有，我真的沒有！」

劉澈又驚又懼地哭著澄清，但劉衍完全不理，被巨大恨意吞噬理智的他，已經聽不見弟弟的聲音。

「你都是背著我偷偷跟翁慶甯在那間咖啡店見面的吧？你們就是在那裡計畫好一切的？好啊，既然你那麼想跟真正的家人在一起，我現在就讓你去見她，可別以為我會就此罷手，就算到了地獄，我一樣也不會放過你們。」

陷入癲狂的劉衍，最後就這麼將車開往咖啡店，不顧一切地衝撞進去。

在僅存的一絲意識中，他隱約看見了滿臉是血，朝他伸出手的李澤淳。

見到男人的臉，劉澈不由得再次想起了古春櫻和黑黑。無論如何，他都希望李澤淳能夠幫助古春櫻，也希望對方願意接受黑黑。

他很後悔沒能儘早告訴李澤淳一切。

更後悔沒能讓哥哥親耳聽見他的真心話。

✹ ✹ ✹

「劉澈先生，時辰已到，請隨我行。」

聽到溫醇帶著磁性的沉穩嗓音傳入耳裡，劉澈在黑暗中慢慢睜開眼睛。

眼前站著一名身材高䠷，身著黑西裝並繫黑領帶的年輕男人，領帶上還別著一個銀色的領帶夾。

他有一頭宛如月光般的白色頭髮，五官立體，雙瞳分別是黑色及紫色，右眼角有一顆淚痣。

劉澈茫然地看著這名不似人類的男人，「你是誰？」

「我是死神。」

男人面帶微笑給出的答案，一點也不符合他的氣質，因為他沒有讓人恐懼的心情，反而給人如沐春風的感受，「你已經死了，我是來接你的。」

劉澈這才發覺，自己身處在醫院的病房裡。

他看見「自己」躺在病床上，一名醫生跟兩名護理師站在床側，宣布他的死亡。親眼看見自己死去的模樣，劉澈的心情卻異常平靜，比想像中還更能接受事實。

「我哥哥呢？」

「你哥哥還活著，但是你姊姊死了，其他死神接走了她。」

聞言，劉澈紅了眼眶。

整顆心像是麻痺了一樣，他無法思考，不知道該為哥哥還活著而高興，還是該為姊姊的死去而悲慟。

「我現在要去哪裡？」

「這要看你的決定。」

面對少年疑惑的眼光，死神不疾不徐地緩緩說：「除了你的哥哥和姊姊，還有兩個人也因為你遭逢意外，一位叫古春櫻，另一位叫李澤淳，都是你認識的人。古春櫻被你哥哥開的車子撞到，當場死亡，李澤淳也陷入昏迷，還沒有脫離險境。」

隨著他說的話，劉澈想起死前見到的最後一幕，李澤淳確實出現在他的眼前。

那竟然不是夢。

劉澈頓覺五雷轟頂，由於打擊過大，反而只能木著一張臉，做不出任何反應。他不敢相信自己害了那無辜的兩人，更不敢相信古春櫻已經死去。

當劉澈被巨大的愧疚和悲傷吞噬，男人的下一句話，立刻將他從深淵裡拉了回來。

「你還有機會救活其中一個人，就是李澤淳，雖然他還沒死，但他現在也是死神。倘若在他死去前，靈魂還沒有回到本體，那他就真的再也回不去了；而古春櫻的靈魂至今也還徘徊在死去的地方，他們是因為你才無法離開，所以也只有你能讓他們回到該去的地方。你要幫他們？還是就這麼自己離開？」

「我要幫他們！」劉澈脫口而出，沒有一絲猶豫，「可是我該怎麼做？」

「只要你也變成死神，就能到李澤淳身邊幫助他，也能親手送古春櫻離開。」

「也就是說……只要我變成死神，就可以再見到他們？」

「是啊。」

劉澈積在眼眶的淚水一秒潰堤。

男子之後交給他一條紅線，告訴他只要綁在手上，他就會正式成為死神。若劉澈有一天決定放棄死神的身分，再把紅線還給他。

劉澈一將紅線繫上手腕，身上立刻變了樣貌，是跟男人一樣黑西裝黑領帶。

「今後你就叫Maya吧。」

男人用讓劉澈踏上學習二胡之路的那首樂曲為他取名，「你不是從虛無之海出現的亡靈，所以你想成為死神，還是必須得到死神第一部門主管的同意。走吧，我帶你去見他。」

男人說完這句，劉澈眼前的世界就在轉瞬間換了景色。

兩人來到一處沒有盡頭，什麼也沒有的地方。

莫非這裡是陰間嗎？劉澈不禁這麼想。

原以為男人帶他去的是既黑暗又可怕的地方，但他從頭到尾只看得見一整片純潔的白。

隨著男人的腳步，劉澈行走在沒有道路指引的白色地面上，無法辨清自己是進是退，像是在大海裡原地踏步。

也不知道為什麼，此刻劉澈的心中一點恐懼也無。

這個男人擁有令人安心的力量，劉澈忍不住開口向他詢問何謂虛無之海，以及死神第一部門的主管又是何人？男人友善地逐一回應了他。

透過他的回答，劉澈知曉死神第一部門的主管，就是死神界最高權力的人，而這個男人是死神第三部門的主管，專門找死去的人類當死神。

「李叔叔……我是說李澤淳先生，您就是在虛無之海找到他的嗎？」劉澈下意識對他使用起敬語。

「對，他是第一個在未死去的情況下，就出現在虛無之海的人，這種情況可說是前所未見。也就是因為他，我才決定親自去接你的靈魂。」男子嘴角浮現的清晰笑意，顯示出他高興的心情。

「意思是，我是您第一個接走的亡靈嗎？」劉澈聽出男人的弦外之音。

他想了一下，「以最近這五十年來說，你確實是第一個。死神部門的主管本身無須親自至陽間接走人類的靈魂，但如果我想，自然也是可以的。」

「那……為什麼春櫻姊姊沒有出現在虛無之海？」

「我不知道。」男人的回答出乎他意料，「誰會來到虛無之海，從不是我決定的事，我的職責就是把出現在虛無之海的靈魂，送去死神第三部門；倘若他們不願意當死神，我再把他們交給審判界的使者就好。」

儘管仍有些懵懵懂懂，見對方有耐心地回應自己的問題，劉澈不禁覺得他是個很親切的死神。

「請問您叫什麼名字？」

「我叫穆乙。」男人說完，忽而拿出一包東西給他，「你要吃嗎？」

看清那包東西裝的是五顏六色的金平糖，劉澈愣了一下，完全不知道這包糖果是何時從他手裡出現的，接著搖搖頭。

「是嗎？這很好吃，我以為大部分的人類小孩會喜歡吃糖。」他不甚在意，自己吃了起來。

劉澈最後在無垠無涯的白色空間，看見一扇華麗典雅的金色門扉。

兩人來到門前時，穆乙叮嚀他：「如果你想救李澤淳，不管裡頭的人跟你說了什麼，都不要拒絕跟反駁。」

劉澈還來不及回答，穆乙就用指關節敲敲門板，開啟那扇門。

門後的景象讓劉澈看傻了眼，裡頭儼然就是一間大型的私人辦公室，有辦公桌，有沙發跟茶几，圓形的天花板懸掛著一盞巴洛克風格的巨大水晶吊燈。房間四面全是玻璃窗，上有滿天星斗，下有城市燈火，畫面美不勝收，劉澈感覺像是置身在一百八十度零死角的觀景台。

就在劉澈一度懷疑自己其實還在陽間，他就發現站在窗邊的一名男子。

劉澈一與他對上眼，就感覺身體彷彿在一瞬間被抽空，下一秒他重重跪下，兩手撐著地面，滿臉驚魂未定，不知道發生什麼事。

穆乙語帶笑意地對男人說：「森未部長，請手下留情，您的一眼可是會讓這孩子魂飛魄散的。」

「我已經手下留情了。」

男人冷冽的目光旋即落到穆乙身上，「本來以為你有稍微安分，結果現在又做出違反秩序的事，你是覺得你帶給我的麻煩還不夠多嗎？」

「部長，給這個孩子一個機會吧，我相信他不會給您添麻煩，也不會讓您失望。」穆乙神態自若道。

「你到現在都還是這麼天真啊。」

聽著男人毫無溫度的聲音，劉澈終於顫顫巍巍抬起頭，鼓起勇氣直視那名同樣西裝筆挺的男人。

死神界的最高領導人看起來就跟穆乙一樣年輕，他有一頭及腰的烏黑長髮，頸部繫的是金色的領帶。

當他走近，劉澈發現他的眼瞳是深邃的灰色。

森未部長居高臨下問他，「你想讓李澤淳回到陽間？」

劉澈一凜，望了穆乙一眼，強壓下心中恐懼，逼自己正視男人的眼睛，然後點下頭。

男人沉默片刻後說：「好，我同意你成為死神。條件是，你不能馬上去死神第三部門。五個月之內，你不許出現在李澤淳的身邊，也不許去見古春櫻。只要李澤淳能撐過這五個月不死，古春櫻也沒有變成惡靈，我就讓你去幫他們。」

聽到這個期限，劉澈心中一涼。

倘若李澤淳無法撐過這五個月，古春櫻也真的變成惡靈，那該怎麼辦？

焦急的他想開口求對方，卻想起穆乙前一刻的叮嚀，最後硬是將話給嚥回去，再次頷首。

無法立刻去到死神第三部門，劉澈就在森未部長的指令下，先留在他的身邊當助手。每天看著森未部長處理死神界的大小事，以及與陰間組織的其他部門開會。

去陽間執行任務的死神，以第二部門及第三部門的死神為主，第一部門的五百名菁英死神負責行政業務。

對於死神界部長的身邊出現一名人類的少年死神，劉澈發現那些菁英死神似乎對他毫無想法，就連第二部門的專業死神看到了，頂多也只是好奇，不會在背後嚼舌根。

「只有第三部門的死神才有互相嫉妒跟互相競爭的心態。」

說這句話的是死神界副部長斯蒸，他的頭髮和眼睛都是褐色的，性格不冷不熱，由於經常來辦公室找森未部長，到後來他也開始會告訴劉澈死神界的許多事。

「因為第三部門的死神是人類嗎？」劉澈好奇。

「沒錯。」斯蒸副部長眼角彎彎，翹起修長的腿，舒適地深深靠在沙發上，「就算人類成為死神，骨子裡終究還是人類，這是不會變的。」

「所以森未部長才厭惡第三部門的死神？」

跟著森未部長將近兩個月，劉澈就已經在死神部門的會議上，聽說第三部門惹出的各種麻煩，也感覺得出森未部長對死神第三部門的反感。

既然死神第三部門的狀況這麼多，森未部長也討厭人類死神，為何還要把他留在身邊？又為何不乾脆廢除死神第三部門？劉澈忍不住提出這個問題時，斯蒸副部長給他的答案，出乎他的意料。

一切都是因為穆乙長官。

那一天他從斯蔡副部長口中聽說穆乙長官身上的祕密，才知道穆乙長官為何從不出現在死神部門的會議上，平時也鮮少有消息，原來是因為他大部分時間都待在陽間，與人類一起生活。

但為何森未部長會允許穆乙長官如此做，穆乙長官又是怎麼有辦法變成人類？斯蔡副部長並沒有透露，然而劉澈還是注意到森未部長對穆乙長官確實十分重視，否則一開始他不會真的答應穆乙長官的請求，讓自己繼續留在死神界。

儘管還見不到李澤淳，劉澈仍能透過斯蔡副部長，知道他是死神第三部門裡實力最為堅強的死神，然而由於他的本體還在醫院，只要李澤淳進到醫院執行任務，就會喪失力量，並且痛苦不堪。斯蔡副部長也暗示，倘若李澤淳不再進醫院執行任務，他很快就會死亡。

擔心來不及救活李澤淳的劉澈，不由得憂心忡忡，心情低落之際，忽而湧上想拉二胡的欲望，這個念頭一出現，一把黑色二胡居然就憑空出現在他的手中。

「穆乙給了你死神的紅線，就等於是把自己身上一部分的靈能賦予你。當你想要生前擁有的某樣東西，穆乙的靈能就能讓它現身。」

這是斯蔡副部長給他的解釋。

某次劉澈在辦公室裡專注拉著二胡，渾然不知森未部長已經出現在身後一段時間。但，對方沒有阻止他，每天工作告一段落的時候，還會讓劉澈拉二胡給他聽。

就在第四個月，森未部長對他提出一個意想不到的建議。

「如果你放棄救李澤淳，我就讓你不必經過審判界，保有前世記憶直接投胎轉世，讓你有機會再見到你的哥哥。」

劉澈呆住了，不敢相信自己所聽見的。

他想要記得哥哥，更想再見到哥哥，將生前來不及讓他知道的話親口告訴他。

森未部長從不說虛言，不管森未部長是為了考驗他，還是因為看中李澤淳的能力，想讓他變成真正的死神，劉澈都相信，只要他現在決定放棄救李澤淳，森未部長是真的立刻會為他實現這個心願。

劉澈有多心動，此刻就有多掙扎，他怔怔看著男人許久，最後緩緩地搖了搖頭。

「就算你把李澤淳救活，他總有一天也會忘了你，為了一個跟你沒有關係，甚至可能變成罪犯的人，放棄見你哥哥的機會，值得嗎？你就不怕有一天後悔救了他？」

想起李澤淳最後看著他的那雙充滿震驚和心痛的眼眸，劉澈咬著唇，握緊拳頭。

「如果是他，很值得。倘若我為了見哥哥，就這麼害死李澤淳先生，我一樣會一輩子活在悔恨與痛苦之中，我不能再讓他因為我失去活下去的機會，而且我相信他不會做出傷害任何人的事。李澤淳先生跟他的父親不一樣，他是一個好人。」

做下決定的這一刻，劉澈也向森未部長深深鞠躬，開口請求：「森未部長，我想救李澤淳先生，請讓我到死神第三部門去。求求您。」

當森未部長終於同意提前讓劉澈去到死神第三部門，卻也在這時候以矯正第三部門的扭曲風氣為由，準備對死神第三部門展開制裁行動。

「我們部長真的生氣了。」

收到消息的斯蒸副部長這麼說。

「是因為我的關係嗎？」劉澈不由得這麼想。

「不，有一部分是因為穆乙，那傢伙這次遭到人類殺害，正好踩到部長的地雷。另一部分是死神第三部門的問題越來越嚴重，已經發生太多次第三部門的死神讓惡靈逃亡，導致惡靈傷害人類，甚至害死人類的情況，我們部門的死神近來也因工作量暴增而人手不足，紛紛提出抗議。森未身為部長，不得不出面處理。」

「為什麼穆乙長官遭到人類殺害，是森未部長的地雷？」他忍不住問。

似是覺得現在告訴他也無妨，斯蒸副部長在確定森未部長還未進辦公室後，悠悠地回答了他：「因為穆乙曾因森未部長而被人類殺害，這已經是好幾百年前的事，而且穆乙也不在意，之後他還成立了死神第三部門，繼續往陽間跑。看到他將所有心思都放在人類上，部長心裡自然不是滋味。只是再怎麼不滿，他都不會消滅第三部門，因為他清楚死神第三部門對穆乙有多麼重要。」

語落，斯蒸副部長似有深意看他一會，「說到這個就讓我想了起來，森未第一次見到穆乙時，穆乙差不多就是你這種年紀的樣子。」

「死神也是從小孩開始長大的嗎？」劉澈頗為意外，他以為死神本來就是大人的樣貌。

「只有穆乙本來是小孩子，但他一長到成人階段，就跟我們一樣不會再變老了。森未會決定把你留在身邊，也許是因為你讓他想起了從前的穆乙，否則就算天塌下來，他也不會讓人類死神當他的助手，更不可能把自己的靈能給你。」

「什麼？」

「他其實一直有偷偷將自己的靈能賦予給你，但你感覺不到，只有我看得見你身上有他的靈能，那可以保護你遇到惡靈時不會被消滅。」

劉澈呆住了，過了半晌才能反應。

「森未部長為什麼……」

「或許是你做對了什麼，讓他對你很滿意吧。」男人笑著這麼說。

據說森未部長從未在死神第三部門現身，但就在劉澈調過去的那天，他卻破天荒地親自陪同劉澈前往，還讓劉澈換上金色的領帶，讓他成為死神第三部門的代理主管。

儘管森未部長沒有給出明確的理由，劉澈仍能明白，清楚人性的森未部長會這麼做，是為了不讓第三部門的死神們輕視他。

變成死神的李澤淳，如今的名字是黑米。

到黑米身邊協助他時，森未部長也對第三部門降下制裁，每次陪黑米順利完成醫院的任務，劉澈都會回到第一部門，親自向森未部長報告第三部門的情形。

即使變成死神，李澤淳依舊是劉澈記憶裡的樣子，不一樣的是，現在的他有青舟跟秋鳴這兩個好朋友，不再拒人於千里之外。見他在強制命令持續之際，不顧旁人的眼光，繼續幫秋鳴處理棘手的黑單，劉澈既感動又欣慰。

若不是發現黑米的生前記憶，就是他的哥哥劉衍，劉澈不會知道自己跟李澤淳的緣分其實很早以前就已經牽起了，更重要的是，若沒有李澤淳，他和哥哥或許就不會有那一段快樂平靜的珍貴時光。

因為這段緣分，劉澈決定將最後的心願託付給他。

李澤淳終於想起劉澈與黑黑後，劉澈親手將他送回本該屬於他的地方，接著就到古春櫻所在的地方看看她。

就在那一天，劉澈下了一個決定，他把象徵第一部門的金色領帶還給森未部長，改換成原來的黑色領帶，以真正第三部門死神的身分接近古春櫻。

帶著感激和祝福的心情，順利送走李澤淳跟古春櫻後，劉澈繼續留在第三部門，以死神的身分度過每一天。

⁂

李澤淳在一個風和日麗的日子裡來到一所監獄門口。

看見一名瘦削男子獨自從監獄大門走出來，李澤淳隨即來到他面前，問他：「你是劉衍吧？」

似乎沒料到有人會在這裡等他，這名男子疑惑地打量李澤淳一會，才用緊繃的聲音問：「你是誰。」

十六年過去，當年犯下大錯的少年，如今已是三十三歲的男子。

李澤淳打聽到他今天出獄，特地前來這裡等候。

沒打算說出自己曾與他有一面之緣，李澤淳只告訴他：「我認識你的弟弟劉澈，我今天來，是要將他生前想對你說的話轉達給你。」

劉衍呆住了，他震驚地盯著李澤淳的臉，彷彿不知道自己該不該相信他的話。

李澤淳看著他的眼睛，一字一頓清楚道：「**我從來就沒有打算離開哥哥你，跟姊姊回去**。這就是他想對你說的話。」

劉澈送他回陽間時，將這句話託付給李澤淳，請他帶給劉衍。就是那句「跟姊姊回去」，讓李澤淳始終相信，真相並非其他人所猜想的。

傳完了話，李澤淳接著將手裡的二胡盒交給男子。

劉衍似是一眼就認出那是弟弟的二胡盒，他的眼角重重抽動，過了許久才顫抖地伸手接過，眼中的淡漠與防備在這一刻瓦解。

「好好生活，我相信這是你弟弟最後的心願。保重。」李澤淳告訴他。劉衍始終沒再開口說話。

之後李澤淳站在原地，看著雙手緊抱弟弟遺物的劉衍，一面痛哭流涕，一面逐漸走遠，直到他的身影完全消失在街道上。

此時一陣強風吹來，打亂李澤淳的視線，當他睜開眼睛，就瞥見前方不遠處出現一個人影。

身著黑色西裝的清俊少年就站在那裡。

一看清那名少年的面孔，李澤淳不由得心跳加速，不敢相信自己的眼睛。還來不及張口喚出他的名，那名少年便向李澤淳行禮，最後給了他一個燦爛的微笑。

等到李澤淳再次眨眼，少年便消失得無影無蹤。

李澤淳知道這不是幻覺，他相信少年是特地來見他的哥哥。能夠再見到Maya一面，李澤淳也不由得微微濕了眼眶，心中已沒有遺憾。

＊＊＊

接連目送哥哥及李澤淳離開，繼續站在原地的劉澈，不久嗅到一股宛如糖果的香甜氣息，立刻知道來者何人。

「這樣的結果，是你希望的嗎？」來到他身旁的男子問他。

「是，再沒有比這更好的結果了。」劉澈說著，「穆乙長官，謝謝您讓我成為第三部門的死神，能再見到哥哥一面，我很幸福，沒有遺憾了。」

說完這句，劉澈便面向男人，將手心裡的一條紅線交給他。

「穆乙長官，這個還您，請您收下。」

男人不動聲色地看看他，「你真的決定了？今後再也聽不到你拉的二胡，部長應該會很寂寞。他知道你要離開了嗎？」

劉澈點點頭，「我來這裡之前，就已經和森未部長正式道別了。我之所以沒有在送走春櫻姊姊時和她一起離開，是因為我想報森未部長的恩。如果您不想讓森未部長覺得寂寞，就請您常回去看看他吧，您才是森未部長最重視的人。」

聞言，男子深深一笑，伸手接過少年的紅線，答應了他。「知道了，送走你以後，我會回去安慰他。」

最後一次為森未部長拉奏二胡，劉澈特別選了一首深具意義的曲子。

「這首曲叫〈明天的孩子〉，我把他送給您。」

樂曲結束時，劉澈對坐在辦公桌前的森未部長莞爾說：「等到無數個明天過去，我希望還能再見到森未部長。」

對於劉澈決定離開，而且還是照一般程序走，森未部長的眼神難得流露出一絲不解。

「為什麼不照我給的方式離開？」

「這是為了森未部長，其實從一開始，您就知道李澤淳會在五個月後死去，但您卻允許我提前到他的身邊，讓他的靈魂順利回到陽間，甚至還保護經驗不足的我，讓我不被惡靈消滅。您對我恩重如山，所以我更不能讓您為了我做出違反陰間秩序的事，我生前終究有做錯事，傷害過別人，因此我願意接受審判，無論有什麼樣的懲罰，我都會接受。」

說完這些，劉澈也給了森末部長一個深深的行禮。

送走少年後，看見一片粉紅花瓣從天而降，穆乙不禁仰起頭來，望向開在附近的幾棵櫻花樹。

少年離開的這一天，正值櫻花盛開的季節。

花瓣隨風溫柔紛飛，將天空染上一片櫻花的顏色。

尾聲

到公車站準備搭車的李澤淳，一坐在公車亭的椅子上，就有人捎來電話。

「大伯，你已經去接黑黑出院了吧？牠還好嗎？」

李東玹在另一頭關心詢問。

「沒事了，精神還不錯。」看了眼貓籠裡的黑黑，李澤淳言簡意賅道，「你今天不是忙著加班嗎？怎麼還打電話來？」

「我擔心啊，這次黑黑的狀況這麼糟，我很怕牠就這麼走了。」

「黑黑已經是老貓了，本來就隨時會走，沒必要大驚小怪。」

「大伯太豁達了啦，一點也不像是黑黑的主人，反正我今天下班後就過去看黑黑喔。」李東玹急匆匆說完，就掛斷電話。

李澤淳拿著手機無奈嘆口氣。

都二十四歲的人了，還跟小孩子一樣。

在古春櫻的魂魄離開之後，李澤淳每次返家經過那座親子公園時，都會事先準備貓罐頭，餵黑黑吃飽後再回去。

有一天餵完了黑黑，黑黑沒像平常一樣吃飽後就跑去別處，反而隨著李澤淳的腳步離開公園，一路跟他到家裡。

最後李澤淳沒有將牠趕走。

決定飼養黑黑後，疼愛黑黑的李東玹三天兩頭就會跑來家裡，直接把李澤淳的住處當作第二個家了。

繼續等公車時，一名背著包包，容貌美麗，看起來像是高中生的短髮少女走了過來，直接在貓籠的另一邊坐下。

「這是你養的貓嗎？」

少女看了眼黑黑後，主動向李澤淳攀談。

李澤淳點頭，「對。」

「牠叫什麼名字？」

「黑黑。」

「黑黑嗎？我喜歡這個名字。」少女又低頭朝籠裡望進去，「那你滿意我給你的名字嗎？」

「什麼？」

「你當死神時的名字『黑米』呀，我就是用黑黑這個名字幫你取名的。」

李澤淳傻住了。

看見少女右眼角的一顆淚痣，他就這麼慢慢想起一件事，耳邊同時傳來清晰的心跳聲。

「妳……」李澤淳不可置信，「莫非是穆乙長官？」

「原來你知道我的名字，是Maya告訴你的吧？」少女巧笑倩兮，語氣聽起來不怎麼意外，「可不可以讓我抱抱黑黑？」

見李澤淳沒有反應，她再笑呵呵補上一句：「我只能接走人類的靈魂，放心吧。」

之後李澤淳將黑黑從籠裡抱出來，小心翼翼地放在少女的手上。

當她將黑黑輕柔地擁抱在懷裡，李澤淳發現黑黑完全沒有反抗，還舒服地閉上了眼睛，像是十分享受她的觸碰。李澤淳竭力保持鎮定，他完全看不出眼前的少女，和一般人類有何不同。

「你好像有很多話想要問我，在公車來之前，我可以回答你哦。」少女笑說。

深吸一口氣，李澤淳把握機會道：「這就是您生活在陽間的樣子嗎？」

「是呀。」

「劉澈——不，Maya他現在如何了？」

「在見到哥哥出獄後，他就把紅線還給了我，現在已經轉世了吧。」

聞言，李澤淳心中激動，難以言喻的感受縈繞在胸口。

「那麼……」李澤淳接著問出他一直很想知道的事，「我一直想不通，出現在虛無之海的亡靈，跟一般的亡靈有什麼不同？您又為什麼會想成立死神第三部門？」

「這個問題Maya也曾問過我呢。可惜關於第一個問題，就連我也無法給你明確的答案。本來我所做的事，就是純粹將因為不明原因，意外遺落在虛無之海的亡靈交給審判界而已，但是……後來我愛上了這些被陰間之神遺忘，只能四處漂泊的可憐靈魂，所以決定給他們其他的選擇，這就是我成立死神第三部門的動機。」

李澤淳仔細反芻這句話，「這也是您想以人類身分到陽間生活的動機？」

「沒錯。」

「但我聽說您曾經遭人類殺害，為何還會有這樣的念頭？」

「就算我被人類殺害，我也一樣覺得他們是可愛的。」少女抬頭含笑看著李澤淳的眼睛，「正因為人間有像你父親那樣的人，也有像你跟Maya這樣的人，我才會如此為你們深深著迷。即便你們死去，你們也依然讓我不斷見證各種奇蹟。像Maya就是奇蹟，你也是奇蹟，只有人類能夠創造出這些奇蹟。因此對我來說，再沒有比你們更特別的存在。」

言及此，少女語氣雀躍，眼睛彎彎，「尤其黑米你最讓我驚喜，明明你沒死，卻出現在虛無之海，還成為優秀的死神，這可是前所未見。當我見到你，你知道我有多麼高興嗎？幸好你當初沒有選擇去審判界，否則你就會直接死去，我也無法見證到更多的奇蹟了。」

李澤淳無言以對。

儘管難以理解少女的喜悅，但不知道為什麼，李澤淳卻不會覺得她這種想法是奇怪的。

「那麼……我還有一個疑問。為何死神第三部門的死神，都保有一份生前記憶？這是您做的嗎？」

「是，當我把紅線賦予你們，也就同時將一份記憶給了你們。我想知道你們會如何使用這份記憶，是透過它讓自己走向重生，還是透過它讓自己走向終結。對於你們人類來說，記憶這種東西一體兩面，有人覺得擁有是幸福，也有些人認為失去才是幸福。」

「這也是您給我們的賭注？」

「沒錯。」

少女說完後，一台公車正好進站。

似乎就是她要搭的車，她將黑黑還給李澤淳，然後站了起來，從口袋裡掏出一樣東西給他。

李澤淳接過定睛一瞧，發現是一包金平糖。

「我非常喜歡你哦，黑米。再見了。」

少女燦笑道別後，就跟著其他乘客坐上公車，她轉身時，李澤淳嗅到一股來自她身上的淡淡香甜氣息，是糖果的味道。

直到公車駛離，李澤淳才想起還有一個重要問題沒問她，那就是她為何真的能以人類的身分，在陽間生活？

只是心裡的直覺也讓他知道，他應該不會再見到穆乙長官了，除非死後他的靈魂再度漂到虛無之海。

思及此，李澤淳也不禁思考一件事。

倘若真有那樣的可能，他會願意再次成為死神嗎？

『我曾跟您一樣，不明白穆乙長官成立死神第三部門的動機，但一見到黑米先生，我就立刻理解了。等黑米先生同樣理解的那天，您也會明白，他為何選擇用人類當死神。』

想起Maya說過的這段話，李澤淳不自覺淡淡地笑了。

他似乎真的有些理解了。

（全書完）

後記

嗨，大家好，我是晨羽。

非常感謝大家購買《死神第3部門：追憶》這部作品。

不知道大家看完這個故事，是否會有這個故事還沒結束的感覺呢？

實際上，寫這故事到一半的時候，我就已經有寫第二部的打算了。

關於死神三大部門長官的故事，我會在續集中揭曉，將這三位（尤其是森未跟穆乙）的關係交代得更清楚。

除此之外，續集的主要角色是穆乙，他是讓我決定寫第二部的原因。

第一部他出場的機會並不多，但大家應該看得出來，他是非常重要的角色，畢竟沒有他就不會有死神第三部門，我也很期待能繼續寫他的故事。

第一部主要描寫第三部門死神的故事，到了第二部，就會是穆乙長官在陽間與人類生活的故事，用不同的視角去詮釋這個故事，我覺得會很有趣。

看完第一部後，你們最喜歡的是哪個角色呢？

第一次接觸這種題材的故事，感覺十分新鮮，而我也越寫越喜歡這些角色，看到發生在他們身上的各種故事，總會覺得不可思議，彷彿每一種相遇都是註定的。如果他們的故事也有打動到你們，那就太好了。

而第一部的靈魂人物，理所當然就是劉澈（Maya）了。

對於讓他最後離開死神界，我其實是感到可惜跟不捨的。如果可以的話，我私心希望他能夠繼續陪伴森未部長，不過寫到最後又覺得，這個結局才是最適合他的，所以還是聽從了心裡的聲音，給了他這樣的結局。

另外想跟大家分享的是，關於劉澈在故事中拉奏的二胡曲，是真有其曲的。〈Maya〉、〈櫻日和In full bloom〉、〈明天的孩子〉這三首二胡曲，都是二胡演奏家賈鵬芳的作品，他是我非常喜歡的音樂人，當初要寫這個故事的時候，我就決定要用他的作品為每個章節命名。

大家看完這個故事後，不妨也去找來聽聽看喔。
最後再次謝謝看完這個故事的讀者，也謝謝我的編輯小世，謝謝讓這個故事能夠順利付梓的所有人。
期待很快就能再跟大家見面。

晨羽

死神第3部門：追憶

作　　者　晨羽
發 行 人　林隆奮 Frank Lin
社　　長　蘇國林 Green Su

出版團隊

總 編 輯　葉怡慧 Carol Yeh
企劃編輯　鄭世佳 Josephine Cheng
責任行銷　鄧雅云 Elsa Deng
封面裝幀　木木LIN
封面繪師　Gene
版面構成　張語辰 Chang Chen

行銷統籌

業務處長　吳宗庭 Tim Wu
業務主任　蘇倍生 Benson Su
業務專員　鍾依娟 Irina Chung
業務秘書　陳曉琪 Angel Chen
　　　　　莊皓雯 Gia Chuang
行銷主任　朱韻淑 Vina Ju

發行公司　精誠資訊股份有限公司
　　　　　悅知文化
　　　　　105台北市松山區復興北路99號12樓
訂購專線　(02) 2719-8811
訂購傳真　(02) 2719-7980
專屬網址　http://www.delightpress.com.tw
悅知客服　cs@delightpress.com.tw
ISBN：978-986-510-211-1
建議售價　新台幣３４０元
首版一刷　２０２２年04月

國家圖書館出版品預行編目資料

死神第3部門／晨羽著. --初版. --臺北市：精誠資訊,2022.04
　面；　公分
ISBN 973-986-510-211-1（平裝）

863.57　　111004019

建議分類｜華文創作、文學小說

悅知文化 Delight Press

線上讀者問卷 TAKE OUR ONLINE READER SURVEY

記憶這種東西一體兩面，
有人覺得擁有是幸福，
也有些人認為
失去才是幸福。

——《死神第3部門：追憶》

請拿出手機掃描以下QRcode或輸入以下網址，即可連結讀者問卷。
關於這本書的任何閱讀心得或建議，
歡迎與我們分享 :)

https://bit.ly/3ioQ55B